ATRIUM

Antje Bones

Ein Meer für Seehund Paul

Mit Illustrationen von Miryam Specht

Atrium Verlag · Zürich

Mit fachlicher Unterstützung
der Seehundstation Friedrichskoog entstanden.

Mit der Produktion dieses Buches wird die Organisation *Plastic Bank* unterstützt, die sich dem Kampf gegen Plastik im Meer verschrieben hat.

Klimaneutral
Druckprodukt
ClimatePartner.com/12566-2011-1011

RECYCLED
Papier aus Recyclingmaterial
FSC® C083411
FSC www.fsc.org

Originalausgabe
1. Auflage 2021

Text von Antje Bones
Titelbild und Illustrationen von Miryam Specht
Satz: Dörlemann Satz, Lemförde
Druck und Bindung: CPI books GmbH, Leck
Printed in Germany
ISBN 978-3-85535-651-5

www.atrium-kinderbuch.com
www.instragram.com/atrium_kinderbuch_verlag

Kapitel 1

Die Zahlen strahlten rot durch die Dunkelheit in ihrem Zimmer. 3 Uhr 17. Hanna hatte die Uhr fest im Blick. Die Minuten vergingen immer langsamer, dachte sie.

»Dich interessiert das nicht, stimmt's? Für dich kann es gar nicht langsam genug sein«, stöhnte Hanna und ließ eine Hand aus dem Bett baumeln. Esmeralda hatte sich in ihre Lieblingsecke im Terrarium verkrochen und sich dort zwischen Erde, Kork und Wurzeln eingegraben. Die Schildkröte kümmerte sich weder um die Uhrzeit noch um schlaflose Mädchen.

Hanna hatte in dieser Nacht kein Auge zugemacht. Selbst das Marmeladenglas war keine Hilfe gewesen. Es hatte die Aufregung eigentlich nur noch schlimmer gemacht. Jedes Mal, wenn Hanna sich umdrehte oder ungeduldig zwischen den Laken wälzte, hatte sie das Glas aufgeschraubt und ihre Nase reingesteckt. Es roch noch immer nach Meer.

Luka hatte ihr das Glas mit Sand, Gräsern und einer rosa schimmernden Muschel darin vor ein paar Monaten geschickt. Es war das erste Päckchen, das sie von ihrem besten Freund bekommen hatte. Früher musste er ihr keine Päckchen schicken. Früher hatte er eine Etage über ihr gewohnt. Aber dann kam das neue Jahr und mit ihm Eis und Schnee und Lukas Umzug. Er wohnte jetzt im Norden, weit weg von ihrem Haus am Friedhof, auf dem sie die toten Tiere der Nachbarschaft vergraben hatten. Hanna stopfte alle Kuschelkissen unter ihren Kopf – so konnte sie durch das Fenster die Kronen der Bäume vom Friedhof sehen, die silbern im Mondlicht glänzten. Der einzige Trost in diesem schrecklichen Winter, an diesem schrecklichen Tag des Umzugs, war die Aussicht auf die gemeinsamen Ferien an der Nordsee gewesen …

Nebenan im Schlafzimmer ihrer Eltern dröhnte der Wecker. Endlich! 3 Uhr 30 verkündeten die roten Zahlen. Gleich würde ihre Mutter kommen, um sie zu wecken.

Und schon ging ihre Zimmertür leise auf, und Sofie kam auf Zehenspitzen ans Bett.

»Hanna? Aufstehen, es geht …«

»Es geht los!«, trötete Hanna ihr freudestrahlend entgegen.

»Meine Güte! Hast du mich erschreckt«, krächzte ihre Mutter und knipste die Nachttischlampe an. Hanna blinzelte.

»Guten Morgen«, flüsterte Sofie. Dabei war sie nicht

mal halb so wach wie ihre Tochter, die sofort aus dem Bett sprang.

Hanna gefiel es, mitten in der Nacht aufzustehen, um sich auf den Weg in die dunklen Straßen zu machen, in denen sonst noch niemand unterwegs war. Außer vielleicht den Krankenschwestern, Bäckern – und Einbrechern. Und den Geistern vom Friedhof. Jedenfalls behauptete Luka immer, dass manche Seelen dort herumirrten. Natürlich nur nachts. Ob Luka auch schon wach war, überlegte Hanna, als sie ins Badezimmer hüpfte.

»Pack nach dem Putzen bitte auch deine Zahnbürste in den Kulturbeutel. Und die Sonnencreme, ja?«, rief Sofie aus der Küche. Hanna verzog das Gesicht! Eincremen war das Allerschlimmste. Wie konnte man sich das nur freiwillig antun? So wie ihre Mutter. Eine Creme für die Augen, eine für die Lippen, eine für den Hals. Manche Menschen cremen sogar den Panzer ihrer Schildkröten ein. Das ist *überhaupt* nicht gut. Das fand nicht nur Hanna, sondern auch der Tierarzt. Der hatte damals auch gesagt, dass die Schildkröte Winterschlaf halten müsste.

An dem Tag nämlich, an dem Esmeralda sich auf den Weg zu Hanna und Luka gemacht hatte, war gerade der erste Schnee gefallen, und die beiden tobten durch den Garten, als Luka beinahe über sie gestolpert wäre. Hanna konnte sich noch genau daran erinnern, wie sie in die Hocke gegangen war, um sich das Tier genauer anzusehen. Und wie sie ihre Eltern zusammengetrommelt hatten. Alle standen um die Schildkröte herum und begutachteten sie wie eine Außerirdische, die gerade vom Himmel gefallen war. Für Hanna und Luka stand gleich fest, dass die Schildkröte bei ihnen bleiben sollte.

Lukas Mutter schlug vor, sie erst einmal zum Tierarzt zu bringen. Hanna glaubte, dass sich Lukas Mutter damals so für die beiden eingesetzt hatte, weil ihnen eine schwierige Zeit bevorstand. Ein Umzug. Eine Trennung. In nur drei Tagen mussten die beiden sich für die nächsten Monate voneinander verabschieden.

Also holte Lukas Mutter einen alten Karton aus dem Keller und bohrte mit einem Schraubenzieher ein paar Luftlöcher hinein.

Der Tierarzt Doktor Rudat stellte fest, dass es sich um ein weibliches Exemplar einer Griechischen Landschildkröte handelte, das höchstens zwei Jahre alt sein konnte. Und dass sie jetzt dringend Winterschlaf halten sollte.

Und so kam es, dass am Abend dieses merkwürdigen Tages ein Griechisches Landschildkrötenmädchen im Gemüsefach des Kühlschranks von Hannas Familie landete.

Der Tierarzt hatte den Kindern eine lange Liste mitgegeben, auf der stand, was es zu beachten gab. Alles hatten Hanna und Luka befolgt, nur eine Frage war unbeantwortet geblieben: Wie sollte das Schildkrötenmädchen heißen? Fasziniert von der neuen Mitbewohnerin standen die beiden vor der noch offenen Kühlschranktür und überlegten. Dann sagte Sofie, dass es der Schildkröte allmählich zu warm und ihr zu kalt wurde. Als Hanna den Kühlschrank schloss, fiel Luka der beste Name von allen ein: Esmeralda!

Wo hatte er diesen Einfall bloß wieder her?, wunderte sich Hanna. Obwohl die beiden sich schon so lange kannten, war Luka wie so eine bunte russische Holzpuppe. Immer wenn Hanna glaubte, ihn zu kennen, tat sich in seinem Bauch eine neue Überraschung auf.

Drei Tage später reiste Luka ab.

»Wo bist du nur immer mit deinen Gedanken, Hanna, hm?« Sofie strich ihrer Tochter über das Haar, das von der unruhigen Nacht noch in alle Richtungen abstand. Sie drückte Hanna die große Bürste in die Hand. »So! Und dann räum bitte all das hier in die braune Reisetasche, die in der Küche steht, ja?«

»Hat Papa die Box für Esmeralda rausgeholt?«, fragte Hanna.

»Er ist gerade im Keller, um …«

Hanna raste den langen Flur entlang, warf ihren Kulturbeutel in die Tasche, riss dann die Wohnungstür auf und rief durch das Treppenhaus: »Papa! Bringst du die Box für Esmeralda mit?«

»Pssst«, machte Sofie. »Nicht so laut, es ist noch mitten in der Nacht!«

Das hatte Hanna in ihrer Vorfreude ganz vergessen. Aus dem Keller rumpelte es, und ihr Vater kam mit einem Turm aus Eimern, Schaufeln und einem durchsichtigen Plastikbehälter die Stufen hinaufgeschlichen.

»Die sind für dich und Luka«, nuschelte er hinter dem Turm. Hanna nahm ihm die Eimer ab. »Und die hier ist für Esmeralda«, sagte Jens und trug die Box in die Küche. Hanna quetschte sich an der dicken Reisetasche vorbei auf die Bank und schnappte sich eins der Brote, die ihre Mutter gerade schmierte.

»Ich krieg so früh keinen Bissen runter«, sagte ihr Vater und goss sich und Sofie einen Kaffee ein. »Aber lass es dir schmecken, Hanna. So schnell machen wir nämlich keine Pause. Erst mal raus aus der Stadt. Und dann …« Er blickte in die Ferne wie ein Kapitän. »… immer Richtung Norden!«

»Das hört sich richtig gut an«, freute sich Hanna und flitzte mit der Box in ihr Zimmer. »Es ist so weit«, sagte sie zu Esmeralda, die sie mit ihrem runzeligen Gesicht anschaute. Hanna nahm sie aus dem Terrarium und setzte sie auf den Holzboden. »Du kannst dir noch ein wenig die Beine vertreten«, lachte Hanna. »Denn in den nächsten Stunden geht es nur noch im Auto Richtung Norden.«

Es piepte. Hannas Handy.

Seid ihr schon unterwegs?

Eine Nachricht von Luka! Der kann wohl auch nicht schlafen, dachte Hanna und schrieb zurück:

Bereite gerade Esmeralda auf die große
Reise vor ☺ H

An jedes Ende einer Nachricht setzte Hanna dieses H – als wüsste Luka nicht, von wem sie kam.

Grüß sie schön von mir. Bis später. Ich freue mich schon sooooo!

Wir uns auch!!! H

Hanna schmunzelte. »Schöne Grüße von Luka«, sagte sie zu Esmeralda, die sich nur wenige Zentimeter von ihr fortbewegt hatte. Hanna legte eine Handvoll Erde und Wurzeln aus dem Terrarium in die Box und außerdem noch ein paar Salatblätter und Kresse.

»Abfahrt!«, schallte es durch den Flur. »Bist du fertig, Hanna?«, fragte Jens.

»Und wie! Und Luka ist auch schon wach. Er hat mir gerade geschrieben«, verkündete sie fröhlich und hielt ihrem Vater das Handy unter die Nase.

»Ich freue mich wirklich sehr auf unseren Urlaub. Aber am meisten freut mich, dass ihr zwei euch endlich wiederseht«, sagte ihr Vater lächelnd. Dann trabte er mit den zwei Koffern die Treppe hinunter. Sofie nahm die Reisetasche und den Korb mit Proviant, und Hanna klemmte sich die Box mit Esmeralda unter den Arm.

»Nordsee, wir kommen!«, jubelte Hanna und stieg auf die Rückbank im Auto. Es dämmerte, als sie durch die leeren Straßen fuhren. Sie kamen an der alten Post vorbei, am

Marktplatz und an Hannas Schule. Wie friedlich sie dalag. Wie im Schlaf, dachte Hanna und war froh, dass sie Ferien hatte. Allmählich ließen sie die Stadt hinter sich, und Hanna rollte sich zufrieden auf den hinteren Sitzen zusammen. Sie sah noch einen Schwarm Vögel über den rosa werdenden Himmel ziehen und dachte an Luka, wie er sich immer über den »Bio-Lärm« beschwert hatte, wenn sie im Garten zelteten und die Vögel frühmorgens zwitscherten. Sie lächelte – und kurz darauf döste sie ein.

»Stau« war das erste Wort, das sie aus dem Autoradio hörte, als sie aufwachte, und *Stau* war das, was sie sah, als sie sich aufrichtete. Unzählige Autos, dicht an dicht, und sie mittendrin.

»Gut geschlafen?«, fragte Sofie und nahm die warme Hand ihrer Tochter.

»Wann sind wir denn da?«, erkundigte sich Hanna verschlafen.

Jens seufzte: »Eigentlich sollten es nur noch eineinhalb Stunden sein. Aber wenn das so weitergeht …«

Sofie verteilte Brote, Saft und kleine Apfelstückchen. Der Wagen heizte sich auf, und Jens öffnete das Fenster.

»Papa! Keine Zugluft! Denk an Esmeralda!«, rief Hanna.

»Hanna, wir sind so langsam unterwegs – da gibt's keine

Zugluft. Zu Fuß wären wir schneller. Und selbst Esmeralda würde uns bei dem Tempo überholen …«

Hanna lachte, prüfte aber vorsichtshalber noch mal, ob der Deckel auch richtig auf der Box saß. Zugluft war gefährlich für Schildkröten. Das stand auch auf der Liste, die sie damals von Doktor Rudat bekommen hatten.

Endlich löste sich das Gedränge auf der Autobahn, und der Verkehr begann wieder zu rollen. Als die Landschaft immer flacher und der Himmel immer heller und weiter wurde, begann Hannas Herz schneller zu schlagen. Sie wusste, dass ihr Ziel nicht mehr weit entfernt war.

Dann verließen sie bei der nächsten Abfahrt die Autobahn. Schlagartig war die Straße ruhig und leer und schlängelte sich durch grüne Weiden, auf denen Windräder standen wie Riesen mit rot-weiß geringelten Pullovern und blauen Hosen. Als der Wagen an einer Kreuzung hielt, rutschte Hanna aufgeregt auf ihrem Sitz hin und her und versuchte zu erahnen, welcher Weg zu Luka führte. Sie ließ das Fenster herunter: »Hier riecht es ja genau wie in meinem Marmeladenglas!«

Sie bogen links ab, folgten einem Bach und fuhren dann langsam auf einen kleinen Ort zu. Hanna sah Backsteinhäuser mit Giebeln und roten Dächern.

»Schau mal«, sagte ihre Mutter und zeigte vor sich nach oben.

»Ein Wetterhahn!«, freute sich Hanna. Genau so einen hatte sie in dem Buch über die Nordsee gesehen, das sie sich zusammen mit Luka vor seinem Umzug angesehen hatte. Und daher wusste sie auch, dass man an so einem Wetterhahn ablesen konnte, woher der Wind kam. Heute wehte allerdings kein Lüftchen. Die Sonne strahlte über den ganzen Himmel. Und dann sah sie noch jemand anderen, der strahlte …

Kapitel 2

Plötzlich stand er einfach vor ihnen. Mitten auf dem rumpeligen Kopfsteinpflaster. Nur mit Unterhemd und kurzen Hosen, ohne Schuhe.

»Halt an, Papa! Das ist Luka!« Ihr Vater hielt an und Hanna sprang heraus und rannte ihrem Freund entgegen.

»Hanna!«

Lukas Nase war rot, und sein Gesicht und die Arme waren braun. Aber seine Beine waren weiß, kalkweiß sogar.

Hanna umarmte Luka, und Luka drückte sie an sich. Die zwei verknoteten sich fast zu einem Knäuel, einem Freunde- und Freudenknäuel.

»Wie lange stehst du denn schon hier?«, fragte Hanna. Luka schaute blinzelnd auf die Kirchturmuhr, die gerade 12 Uhr schlug. »Fast zwei Stunden«, grinste er. »Konnte an nichts anderes mehr denken.«

Sofie winkte die zwei zu sich herüber.

»Hallo, Luka!«, sagte Sofie. »Gut siehst du aus. So … so …«

»Braun-weiß«, unterbrach Hanna sie lachend und zwickte Luka in die Seite.

»Schön, dich zu sehen. Zeigst du uns den Weg?«, sagte Jens und startete den Motor.

»Ist nicht mehr weit. Hinter der Kirche rechts rein in den Schotterweg und hinter dem Rapsfeld nach links, da liegt der Hof«, erklärte Luka. Dabei fuchtelte er mit den Armen und zeichnete mit den Fingern eine Landkarte in die Luft.

»Können wir zu Fuß gehen?«, fragte Hanna. Sie konnte und wollte einfach nicht mehr sitzen. »Darf ich?«, drängelte sie und schaute flehend zu ihren Eltern ins Auto.

»Du hast ja einen guten Stadtführer«, meinte Sofie.

»Den besten!«, sagte Hanna, zog ihre Schuhe aus und warf sie durchs offene Fenster, direkt auf den Schoß ihrer Mutter.

»Hanna!«, sagte diese verwirrt, aber da fuhr das Auto schon los …

»Endlich bist du da!«, sagte Luka, als die zwei sich auf den Weg machten. Hanna spürte das warme Kopfsteinpflaster unter ihren Füßen.

»Ich muss dir so viel zeigen!«

»Alles! Du musst mir alles zeigen.« Hanna drehte sich um sich selbst und schaute sich auf der Dorfstraße um.

»Nur Fischläden …«, sagte sie und schmunzelte, weil sie wusste, dass Luka keinen Fisch mochte. »Nicht, dass du mir hier noch verhungerst.«

»Verhungern? Ich?« Luka lachte. »Da mach dir mal keine Sorgen! Bei uns auf dem Hof bin ich bestens versorgt. Wir haben einen großen – nee, einen riesigen Gemüsegarten! Und auf den Feldern wachsen Zuckerrüben, Kartoffeln, Möhren und Kohl. Das Getreidefeld geht sogar fast bis ans Meer …« Wieder gestikulierte Luka wild mit Armen und Händen.

»Hört sich gut an! Und lecker …«, fand Hanna. »Da wird sich Esmeralda auch freuen!«

»Esmeralda!«, rief Luka und machte ein Gesicht, als hätte er einen der Geister vom Friedhof gesehen. »Wo ist sie?«

»Sie hat das Taxi genommen. Der Weg zu euch ist ihr zu weit.« Hanna grinste.

»Wie geht es ihr? Hat sie die Fahrt gut überstanden?«, erkundigte sich Luka und schämte sich, dass er die Schildkröte nicht gleich begrüßt hatte. Dabei hatte er sich so auf sie gefreut. Aber auf Hanna hatte er sich eben noch viel mehr gefreut.

»Sie hat die Fahrt sehr gut überstanden. Hat geschlafen, wie immer«, beruhigte Hanna ihren Freund.

»Jetzt aber schnell!«, rief Luka und rannte los, Hanna ihm hinterher. Doch schon hinter der nächsten Kurve blieb sie stehen.

»Was ist los?«, fragte Luka. »Kannst du nicht mehr? Oder tun dir die Füße von den kleinen Steinchen weh? Da gewöhnt man sich dran …«

Hanna sagte nichts. Sie schaute nur.

»Hast du noch nie ein Rapsfeld gesehen?«

»Raps? Das ist ein Meer. Ein gelbes Meer«, sagte Hanna. Sie war begeistert von dem gelben Leuchten.

»Da bin ich ja mal gespannt, was du erst über das *richtige* Meer sagen wirst!«, sagte Luka. »Komm, die anderen warten sicher schon auf uns.«

Die beiden liefen den staubigen Schotterweg entlang, an dem rechts und links Birken standen, deren Blätter sich hoch über den Köpfen der Kinder trafen und ihnen ein Schattendach vor der knalligen Mittagssonne boten. Der Weg endete an der Auffahrt zum Bauernhof.

»Hereinspaziert!«, trötete Luka und stieg auf das Holzgatter wie auf ein Karussell.

»Wow!«, staunte Hanna und ging auf den sandigen Pfad, um zum Hof zu gelangen, den Luka ihr stolz präsentierte.

»Das sind ja *drei* Häuser. Das hast du mir noch nie erzählt …«

»Ja. Nein. Also, es sind ja nicht wirklich drei Häuser. Das da vorne, das ist das Wohnhaus«, sagte Luka und zeigte auf das Gebäude in der Mitte. Es hatte eine große grüne Holztür, grüne Fensterrahmen und ein Dach aus Stroh. Reetdach nannte man das, erklärte Lukas.

»Das ist ein Stall, und in dem kleinen Gebäude nebendran ist Mamas Hofladen – und das da ist die Scheune«, erklärte Luka, und sein Zeigefinger sprang von links nach rechts. Hanna war sprachlos, das hatte sie nicht erwartet. Sie hatte sich immer ein kleines Häuschen irgendwo am Ende der Welt vorgestellt, wo der arme Luka seit einem halben Jahr leben musste. Aber das hier – das war etwas ganz anderes …

Ein Huhn rannte laut gackernd vor Hanna durch den

Sand und riss sie aus ihren Gedanken. Ein stolzer Hahn schritt hinter dem Huhn her.

»Wer sind denn die zwei?«, lachte Hanna.

»Huhn und Hahn. Sie haben keine Namen«, meinte Luka. »Sie laufen rum, wo sie wollen. Manchmal kommen sie auch ins Haus.«

»Luka! Hanna!«, hörten die zwei Lukas Mutter rufen.

»Julia!« Hanna freute sich und stürmte auf sie zu.

»Wie schön, dass du da bist«, sagte Julia und nahm Hanna in die Arme.

»Sie hat ein bisschen getrödelt, weil sie noch nie ein Rapsfeld gesehen hat«, meinte Luka und zuckte mit den Schultern. »Stadtkinder!«

»Du hast noch viel Zeit, hier alles kennenzulernen und zu entdecken«, meinte Julia.

»Aber erst *muss* ich Esmeralda sehen«, beschloss Luka und flitzte zum Auto, das Hannas Eltern gerade entluden.

»Wo ist sie?«, rief er.

Jens stellte ihm die Box mit der Schildkröte vor die Füße. »Deine ehemalige Nachbarin schläft. Wie immer«, sagte er.

Hanna lief zu ihnen. »Sie schläft nicht unbedingt. Sie ist meistens nur im Energiesparmodus«, lachte sie.

»Das macht sie sehr richtig«, fand Julia. »Die Mittagshitze ist ganz schön anstrengend. Ich habe schon mal eine kleine Erfrischung vorbereitet …«

Aber Luka und Hanna hatten kein Interesse an einer Erfrischung.

»Esmeralda, meine Schöne. Ich habe dich so vermisst«, flüsterte Luka. Er öffnete den Deckel, steckte vorsichtig seine Hand in die Plastikkiste und strich der Schildkröte über den Panzer. »Wir müssen ein Gehege für sie bauen, damit sie ungestört und geschützt ist. Danach zeige ich dir alles, okay?«

»Moin!« Hinter ihnen ertönte eine Stimme, die Hanna nicht kannte.

»Moin?«, flüsterte sie und schaute Luka fragend an.

»*Moin* sagt man hier immer. Morgens, mittags und abends – das gehört so«, erklärte Luka beiläufig.

»Du musst Hanna sein. Ich habe schon viel von dir gehört.«

Vor ihr stand ein großer Kerl mit grüner Latzhose, kariertem Hemd und einem lachenden Gesicht, in dem die Augen fast verschwanden.

»Ich bin Hajo«, sagte er und streckte Hanna seine große raue Hand entgegen.

»Ja. Ich bin Hanna. Und das ist Esmeralda. Sie braucht ein Revier mit einem Zaun drum herum«, sagte sie, weil sie nicht so recht wusste, was sie sonst hätte sagen sollen. Es war das erste Mal, dass sie Hajo traf. Den neuen Mann von Julia. Sie hatte sich eigentlich vorgenommen, ihn blöd zu finden, denn immerhin war er der Grund dafür, dass Luka und Julia fortgezogen waren. Aber jetzt schien er doch ganz nett zu sein.

»Da unter den Bäumen findet ihr jede Menge Holzstücke«, erklärte er und stapfte in seinen schweren Gummistiefeln voran. Hanna und Luka folgten ihm auf die Weide und sammelten trockene Äste, Zweige und Rinde auf, die um die Pappeln herumlagen.

»Sind die riesig!«, staunte Hanna.

»Die haben meine Eltern gepflanzt, um das Grundstück zu markieren, als sie den Hof damals gekauft haben. Da war ich noch viel kleiner als ihr zwei – und die Pappeln hier auch. Jetzt sind sie über dreißig Meter hoch«, erzählte Hajo. »Wenn du mal verloren gehst, Hanna, dann musst du nur nach den Pappeln Ausschau halten, und schon weißt du, wie du unseren Hof wiederfindest.«

Hanna wusste zwar nicht, warum sie hier verloren gehen sollte, sagte aber: »Ja, das ist gut.«

Jens, Sofie und Julia saßen im Garten neben dem Wohnhaus an einem kleinen wackeligen Tisch. Hajo schob ein Stück Rinde darunter.

»Passt!«, sagte er und stellte sich Hannas Eltern vor.

»Hallo, ich bin Jens«, antwortete Hannas Vater.

»Du musst *Moin* sagen, Papa – nicht Hallo!«, erklärte Hanna.

»Du fühlst dich hier wohl schon wie zu Hause, was?«, meinte Sofie. »Soll ich dir unsere Zimmer zeigen?«

»Keine Zeit, wir bauen ein Gehege für Esmeralda«, rief Hanna und lief schnell zu Luka, der gerade mit einem Hammer die Stöcke in die Erde schlug, ganz dicht beieinander, damit die Schildkröte nicht ausbüxen konnte. Dann kam Hajo und wickelte Tau in zwei Bahnen um das neue Gehege.

»Na, wie gefällt dir dein Ferienhaus?«, sagte Luka, als er Esmeralda ins Freie ließ und sie in aller Ruhe durch das Gras kroch und die neue Gegend inspizierte.

»Und jetzt zeige ich dir *dein* Ferienhaus, ja?« Luka zog Hanna am Zipfel ihres T-Shirts mit sich, und die zwei flitzten über den Hof zu dem kleinen Laden. Dort war es kühler und dunkler als draußen. Hanna sah sich um: Gläser mit Marmelade und Honig in kleinen Regalen, darunter Äpfel, Möhren und Rüben in Körben und Kartoffeln in einer großen Holzkiste.

»Das ist aber gemütlich«, sagte Hanna. »Und wie gut es hier riecht. Nach Erde. Und schön süß …«

»Möchtest du trotzdem noch den Rest sehen?«, fragte Luka.

»Na klar!«, sagte Hanna, und die zwei gingen ein paar Schritte zum Stall. Als Luka das große Tor öffnete, schlug ihnen eine unglaubliche Hitze entgegen. Es roch nach Pferd – und nach Sommer.

»Puh«, machte Hanna und fächerte sich gleich mit der Hand Luft zu.

Luka führte sie herum. »In dieser Box wohnt Matti und daneben Menne«, erklärte er.

»Die Ponys!« Hanna strahlte. Von den beiden hatte Luka schon oft erzählt. Wie er am Anfang Angst hatte, aufzusteigen und zu reiten, und wie Menne einmal schlimme Bauchschmerzen hatte, weil er zu viele Äpfel von der Obstwiese gefressen hatte. Hanna versuchte, ihren Kopf zwischen die Gitterstäbe zu stecken, um sich umzusehen. Stroh und jede Menge Fliegen – aber keine Pferde in Sicht. »Die sind jetzt wohl draußen, oder?«

»Sie stehen hinten auf der Wiese. Wir können gleich hingehen.« Hanna freute sich und nickte wild mit dem Kopf.

»Hier lagern wir im Herbst und Winter die Kartoffeln und das Obst von den Bäumen. Und da schlafen die Hühner«, sagte Luka. »Wir sammeln sie abends ein, damit wir die Eier am Morgen nicht überall auf dem Hof suchen müssen.«

»Ein Hühnerstall? Wo denn?«, fragte Hanna und schaute sich suchend um.

»Na, da! Komm mit!«

Hanna folgte Luka zu einem alten Bauwagen.

»Den haben Hajo und ich im Frühjahr zu einem Hühnerstall umgebaut. Wie findest du ihn?«

Eine winzige Leiter führte in den blau gestrichenen Holzwagen. Auch innen war alles voller kleiner Leitern und Bretter. Auf dem Boden lagen Sägespäne und Stroh, ein paar braune und weiße Federn – und Hühnerkacke.

»Der Wagen ist spitze. Und die Hühner haben es hier bestimmt gut … Aber es stinkt!«, sagte Hanna und hielt sich mit der Hand die Nase zu.

»Ja, es stinkt ganz furchtbar«, gab Luka zu. »Aber man gewöhnt sich an alles, wirst sehen …«

Wieder flitzten Huhn und Hahn an ihnen vorbei. »Sogar an den Bio-Lärm habe ich mich gewöhnt«, lachte Luka. »Hahn kräht jeden Morgen um halb sieben – da kannst du die Uhr nach stellen.« Wie auf Kommando plusterte sich Hahn ordentlich auf. Als wüsste er genau, dass gerade von ihm die Rede war.

»Es sind Ferien! Wehe, du weckst mich auf!«, sagte Hanna streng und stellte sich Hahn in den Weg. Aber der hatte nur Augen für Huhn, die aufgeregt auf den Zaun flatterte.

»Komm, ich möchte noch mit dir zu den Pferden, bevor es Abendbrot gibt, okay?«, schlug Luka vor.

Luka nahm noch zwei große Möhren aus einem Korb und drückte Hanna eine davon in die Hand. »Für Menne – wenn du dich traust …«

Die zwei liefen über die Obstwiesen und am Gemüsegarten vorbei bis zur Pferdekoppel. Sie kletterten über den Zaun und näherten sich dann langsam den Ponys. Luka schnalzte mit der Zunge, und sofort hoben Matti und Menne ihre Köpfe und trotteten auf Luka und Hanna zu. Hanna war ein bisschen mulmig zumute. So klein, wie sie dachte, sind die Tiere doch nicht …

»Ganz ruuuhig«, machte Luka, und Hanna wusste nicht, ob er sie meinte oder die Pferde. »Sie sind wirklich lieb, Hanna. Keine Angst.«

Hanna machte einen Schritt auf die Ponys zu.

»Das ist Matti – er hat diesen hellen Fleck auf der Stirn, siehst du?«, sagte Luka.

»Dann bist du Menne …«, murmelte Hanna und hielt dem dunkleren Pony die Möhre hin. Hanna sah kurz seine eckigen Zähne aufblitzen und wollte schon ihre Hand zurückziehen, als sie spürte, wie die weichen Nüstern des Ponys sanft ihre Hand berührten und seine Zunge über ihre Handfläche kitzelte. Weg war die Möhre! Menne zermalmte sie laut krachend und schmatzend in seinem Maul. Dann schüttelte er seine Mähne und trabte davon. Hanna sah ihm nach, und Luka zeigte in die gleiche Richtung.

»Dahinten, siehst du? Das ist der Deich.«

Hanna schirmte mit beiden Händen das Sonnenlicht ab, um besser gegen die Sonne schauen zu können. Vom Deich hatte sie auch schon in dem Buch gelesen. Der war ein Schutz gegen Überflutungen bei Hochwasser, erinnerte sie sich. Aber das hieß ja … das bedeutete doch …

»Dahinter liegt das Meer!«, jubelte sie aufgeregt.

»Ja, wenn …«

Da rannte Hanna schon los.

»Wenn es da ist, Hanna …«, rief Luka.

»Wie, wenn es da ist? Wo ist es denn? Kurz mal einkaufen …?«, witzelte sie übermütig.

»Wir nennen es Ebbe«, sagte Luka. »Erinnerst du dich? Ebbe und Flut? Schon mal gehört?«

Ja. Hanna hatte schon von Ebbe und Flut gehört. Dass sich die Nordsee alle paar Stunden zurückzog, wusste sie. Daran hatte sie in ihrer Freude bloß nicht mehr gedacht. Enttäuscht blieb sie stehen und ließ sich auf einen Baumstamm sinken. Luka setzte sich zu ihr.

»Morgen nach dem Frühstück gehen wir alle zusammen ans Meer. Dann ist es auch wieder da«, tröstete Luka sie.

»Versprochen?«

»Versprochen!«

»Luka?«

»Hmm …«

»Schön hier bei dir.«

Die zwei bemerkten nicht, wie lange sie noch so dasaßen auf ihrem Baumstamm, so viel hatten sie sich zu erzählen. Von Frau Thiele, der Mathelehrerin, die mal wieder viel zu viele Hausaufgaben verteilt hatte; vom Friedhof gegenüber, auf dem beim Sturm im Frühjahr vier große Bäume umgestürzt waren, die mit einem Kran abtransportiert werden mussten; von Charlotte und ihrem Hund Lasse und vom Meer natürlich.

»Ich bin gar nicht so oft am Meer, weißt du? In diesem Sommer war ich erst zwei Mal da«, sagte Luka. »Ich meine, ich wohne jetzt hier. Ich gehe in die Schule, ich helfe auf dem Hof, und manchmal treffe ich mich mit ein paar Jungs aus dem Dorf zum Fußballspielen. Das ist jetzt mein Leben.« Hanna war sich nicht sicher, ob seine Stimme ein wenig traurig klang. Sie legte ihm einen Arm um die Schulter.

»Ich vermisse dich auch.« Dann grinste sie. »Jetzt ist niemand

mehr da, der zu laut durchs Treppenhaus rast. Niemand, der meine Hausaufgaben abschreibt, niemand, der …«

»Voooorsicht«, unterbrach Luka sie und zog das Wort wie Kaugummi. »Sonst ist bald niemand mehr da, der morgen mit dir ans Meer geht …«, grinste er, sprang vom Baumstamm und rannte über die Wiese zurück zum Hof.

»Das ist die Scheune!«, rief er Hanna entgegen und stieß die beiden schweren Türen auf, als wollte er den Vorhang eines Theaters lüften. Was hinter dem dunklen Scheunentor lag, glänzte beinahe wie Gold. Nur fand Hanna es noch viel schöner – und spannender. Stroh! Vom Boden bis zur Decke war alles voller Strohballen und Heuhaufen. So etwas hatte Hanna noch nie gesehen. »Was … was macht ihr denn mit so viel Stroh?«, fragte sie erstaunt.

»Die Hühner und Pferde brauchen es als Streu in den Ställen«, erklärte Luka. »Und man kann super drin toben!«

»Jaaaaaa!«, schrie Hanna begeistert und kletterte mit Luka um die Wette auf den Ballen bis unters Dach. Das Stroh pikste, knackste und staubte unter ihren nackten Füßen.

»Achtung!«, rief Hanna und sprang hinunter in den Heuhaufen. Und Luka gleich im hohen Bogen hinter ihr her.

»Zum Toben ist es wirklich das Beste, was es gibt«, fand Hanna und suchte sich gleich wieder einen Weg nach oben. »Ich komme!«, quietschte sie dann vor Vergnügen, streckte ihr Arme aus wie ein Vogel seine Flügel und sprang ins Heu. Sie ruhte sich keine Sekunde aus, sondern stieg sofort die Strohballenstufen wieder hinauf.

»Aha! Hier steckt ihr.« Hannas Eltern kamen in die Scheune.

»Mama! Papa! Schaut mal her!« Hanna und Luka nahmen sich an die Hände.

»Eins! Zwei! Drei!«

»Um Himmels willen, passt auf!«, sagte Sofie und hielt sich die Hände vors Gesicht, lugte aber doch zwischen ihren Fingern hindurch.

»Hier würde ich am liebsten die ganze Nacht liegen bleiben«, meinte Hanna, als sie mit Luka im Heuhaufen gelandet war. Sie streckte sich nach allen Seiten aus.

»Können wir machen«, sagte Luka. »Hajo hat mir sowieso versprochen, dass ich im Sommer mal hier übernachten darf.«

»Heute Abend?« Hannas Wangen glühten.

»Wir sind doch gerade erst angekommen, Hanna. Willst du heute Nacht nicht erst mal in einem richtigen Bett schlafen? Du hast unsere Zimmer noch gar nicht gesehen …«, meinte Jens. »Die sind auch schön.«

»Fürs Übernachten im Stroh ist noch jede Menge Zeit«, sagte Sofie und zupfte Hanna ein paar Strohhalme aus den Haaren.

»Hat hier jemand Hunger?«, rief Julia in die Scheune.

Und ob, dachte Hanna. Nach der langen Fahrt, dem langen Warten, Entdecken und Erkunden an der frischen Luft hatte sie wirklich riesigen Hunger.

Sie setzten sich um den Tisch, der unter einem der Kirschbäume stand. Die Abendsonne fiel in dunkelgelben Flecken durch die Blätter. Hanna wippte mit den Beinen und spielte mit ihren Füßen im Gras. Es gab belegte Brote und Tomaten, Gurken, Möhren, Kohlrabi und Salat.

»Alles frisch vom Feld und aus dem Gemüsegarten ...«, erklärte Julia. »Und den Nachtisch könnt ihr euch gleich vom Baum pflücken.«

»Ja, das ist schon was ganz anderes, als in den Supermarkt zu gehen«, sagte Jens. »Hier schmeckt alles viel besser – und frischer«, fand er und biss in sein Brot.

»Und wenn ich überlege, wie viel Verpackungsmüll man beim Einkauf im Supermarkt schon wieder hätte. Jede Gurke ist in Plastik eingeschweißt, selbst die Salate sind oft noch in Tüten oder Schalen verpackt!«, schimpfte Sofie.

»Viel Müll fällt bei uns wirklich nicht an. Die Natur sorgt für ihre eigenen Verpackungen. Das Ei hat 'ne Schale, der Apfel auch ... da muss man nicht noch mal Plastik drumwickeln, so 'n Blödsinn!«, fand Hajo.

»Und was übrig bleibt, kommt auf den Komposthaufen«, erklärte Julia.

»Hier bleibt nix übrig«, sagte Luka, trommelte auf seinen Bauch, schnappte sich ein paar Salatblätter und steuerte auf Esmeraldas Gehege zu. »Sie ist weg!«, rief er. »Esmeralda ist nicht mehr in ihrem Gehege!«

»Was?« Sofort stürzte Hanna zu ihm.

»Sie kann doch gar nicht raus …«, meinte Luka verzweifelt.

Hanna lachte. »Sie ist auch gar nicht raus, schau noch mal genau nach.«

Und tatsächlich: Esmeralda hatte sich ganz nah am Zaun unter einigen Blättern im langen Gras eingebuddelt. Jetzt sah Luka sie auch.

»Was machst du denn für Sachen?«, lachte er erleichtert.

»Das macht sie immer, wenn es ihr zu warm wird. Alle Schildkröten tun das«, erklärte Hanna.

»Viel hast du noch nicht von eurer Kröte gesehen, was?«, schmunzelte Julia. »Erst schläft sie im Kühlschrank, und dann buddelt sie sich ein.«

»Hauptsache, sie ist hier! Hauptsache, ihr alle seid hier«, sagte Luka strahlend, und sie versammelten sich wieder zum Kirschenessen unter dem Baum.

»Was für ein Tag!« Luka spuckte einen Kirschkern, so weit er konnte.

Hanna war satt und sah zufrieden den Spatzen zu, die in den warmen Sandkuhlen auf dem Hof badeten.

»Luka?«
»Hmm …«
»Habe ich schon gesagt, wie schön es hier ist?«
»Hast du …«
»Schön hier.«

Und schön waren auch die Zimmer, in denen Hanna und ihre Eltern untergebracht waren. Sie lagen nebeneinander im obersten Stock des Wohnhauses und waren durch eine Flügeltür miteinander verbunden. Hanna hatte das kleinere Zimmer bekommen, in dem das Bett direkt unter einem der Fenster stand. Sie sprang auf der weichen Matratze auf und ab und sah sich um. An der Wand gegenüber vom Kleiderschrank hing ein großes Bild. Erstaunt blieb Hanna vor ihm stehen. Ein aufbrausendes, dunkles Meer war darauf zu sehen, mit hohen Wellen und einem düsteren Himmel darüber.

»Das sieht aber gefährlich aus«, flüsterte Hanna. Sie fühlte sich ein bisschen eingeschüchtert von der Kraft des Bildes. Und jetzt war nicht einmal Esmeralda bei ihr. Auch wenn sie stumm war wie ein Fisch – zu wissen, dass sie neben ihr schlief, beruhigte Hanna. Aber sie und Luka hatten sich darauf geeinigt, dass die Schildkröte während der Ferien bei ihm schlief. Das war nur gerecht, weil er Esmeralda so selten sah.

»Alles in Ordnung?«, fragte ihre Mutter, als sie die Tasche mit Hannas Sachen brachte.

»Ist das die Nordsee?«, fragte Hanna mit dünner Stimme.

»Das nehme ich an«, sagte Sofie und nahm Hanna in den Arm. »Ganz schön wild …«, fand auch Sofie. »Aber morgen wird sie auf jeden Fall anders aussehen.«

»Wie denn?«, wollte Hanna wissen und war froh, dass sich ihre Mutter mit ihr aufs Bett setzte.

»Na, blau und grün und hell, weil die Sonne scheinen wird.«

»Bist du sicher?«

»Ganz sicher. Schließlich ist Sommer – und wir sind extra angereist, um zu baden und am Strand zu spielen.«

»Genau«, meinte Hanna und kuschelte sich in die Kissen. Es dauerte nicht lange, und sie schlief ein.

Kapitel 3

Pünktlich um halb sieben kündigte Hahn den neuen Tag an. Genau wie Luka es gesagt hatte. Bis Hanna die Augen öffnete, hatte er bestimmt acht Mal gekräht. Ihr Blick fiel sofort auf das Bild vom wilden Meer. »Gleich komme ich dich besuchen, du Meer!«, sagte sie entschlossen. Sie zog die Vorhänge auf und entdeckte Luka und Hajo auf dem Hof. Schnell zog Hanna ein Kleid aus der Reisetasche, steckte im Vorbeigehen den Kopf zur Tür ins Zimmer ihrer Eltern und rief: »Wir gehen zum Meer!« Dann raste sie die Treppe runter nach draußen.

»Moin«, sagten Luka und Hajo gleichzeitig.

»Moin«, sagte auch Hanna – als hätte sie nie etwas anderes zur Begrüßung gesagt.

Die drei versorgten die Tiere, suchten Eier im Hühnerstall und pflückten Löwenzahn für Esmeralda auf den Wiesen.

Beim Frühstück drängte Hanna die anderen, sich zu beeilen. »Nicht, dass das Meer gleich wieder weg ist«, schmatzte sie.

»Keine Sorge, du Stadtkind«, meinte Luka »Wir springen gleich alle zusammen in die Wellen!«

Hanna zog Luka zu sich. Sie flüsterte: »Aber was, wenn die Wellen so hoch sind wie auf dem Bild?«

»Welches Bild?«, wunderte sich Luka.

»Das in meinem Zimmer. Es ist …« Hanna räusperte sich und nahm einen Schluck Tee. »Es ist etwas unheimlich, findest du nicht?«

»Ach, das meinst du! Das hat Hajos Vater gemalt. Der saß im Winter gern auf dem Deich und hat gemalt.«

»Im Winter also …?«, fragte Hanna noch mal nach.

»Genau. Und jetzt ist Sommer. Und die Sonne scheint, und …«

»… und jetzt brechen wir endlich auf«, sagte Sofie. Sie trug einen großen Strohhut und stellte eine Tasche mit Handtüchern, Badelatschen und Schwimmzeug zu den Kindern auf die Bank. Julia brachte einen Korb mit Broten, Obst und Saft, und Jens mühte sich mit einem großen Sonnenschirm ab, der immer wieder aufsprang, wenn er versuchte, ihn zusammenzubinden. Die Kinder halfen ihm, das Ding zu bändigen. Nur Hajo blieb auf dem Hof.

»Ein Bauer hat nie Ferien«, sagte er.

»Dann bist du ganz alleine?«, fragte Hanna.

»Nee, nee. Fiete aus'm Dorf kommt und hilft mir beim Heu-Umschichten.«

»Fiete hat ein eigenes Bienenvolk! Er verkauft seinen Honig bei Mama im Hofladen. Er redet nicht viel. Aber er ist ein guter Kerl – da kommt er schon«, sagte Luka und winkte dem Mann entgegen, der mit seinem Rad auf den Hof gefahren kam. Eigentlich fuhr er nicht, fand Hanna. Er raste. Der Mann auf dem Rad war so spindeldünn und schlaksig, dass sie sich nicht vorstellen konnte, wie der eine Hilfe hier auf dem Hof sein sollte. Fiete bremste mit einem ruckartigen Rücktritt, dass es auf dem Weg vor ihnen ordentlich staubte.

»Moin«, sagte Fiete und lachte übers ganze Gesicht.

»Moin«, sagten sie und Luka, dann packten sie Esmeralda in ihre Box. Die Kröte sollte schließlich auch mal das Meer sehen.

»Unsere Stadtkröte auf ihrem ersten Ausflug ans Meer«, lachte Luka.

Der Weg führte vorbei an goldenen Weizenfeldern und Wiesen, auf denen schwarz-weiße Kühe standen, von denen Hanna früher immer geglaubt hatte, dass sie Kakao geben und nicht Milch. Sie liefen durch die Dünen, auf denen langes und schmales, blaugrünes Gras wuchs.

»Das ist Strandhafer. Die Blätter sind so scharf, dass man sich dran schneiden kann«, sagte Luka. Aber Hanna hörte seine Worte nicht mehr. In ihren Ohren rauschte der Wind. Der Wind der Nordsee!

»Die Nordsee …«, flüsterte Hanna. Luka hatte recht behalten. Jetzt war das Wasser wieder da! Hellblau und dunkelblau, grün und grau, weiß und glitzernd – so streckte sich das Meer vor ihr aus. Von links nach rechts, von rechts nach links und bis zum Himmel. So weit Hanna schauen konnte, nichts als Meer und Himmel.

»Hab ich dir doch versprochen, dass das Wasser zurückkommt«, sagte Luka und setzte die Box mit Esmeralda in den Sand.

»Hast du.« Hanna nickte zufrieden. Dann rannte sie los über den breiten Strand bis zum Wasser, das mit weißen Schaumkronen heranrauschte und an Land schwappte.

»Moin, Nordsee!«, schrie Hanna, so laut sie konnte. Dann blieb sie ganz ruhig stehen und ließ ihren Blick in die Ferne schweifen. Für einen Moment gab es nur sie und das Meer. Es war nicht unheimlich. Sondern geheimnisvoll. Und groß. Und wunderschön! So schön, dass sie sich sicher war, noch nie so etwas Schönes gesehen zu haben. Hanna war noch nie in ihrem Leben im Meer baden gewesen. Aber heute würde sie es tun: Zum ersten Mal setzte sie einen Fuß nach dem anderen ins Wasser und ließ die Beine von den sanften Wellen umspülen. Das Wasser war kühl, und Hanna spürte, wie der Sand unter ihren Füßen weggeschwemmt wurde. Es kitzelte.

»Wie ich sehe, hast du schon Bekanntschaft mit dem

Meer gemacht. Gefällt es dir?« Ihr Vater stand plötzlich hinter ihr. Sie hatte ihn gar nicht kommen hören.

»Es ist … wir sind … schon Freunde«, lachte Hanna. Jens versuchte, ihr das Haar aus dem Gesicht zu streichen, das der Wind durcheinandergewirbelt hatte. »Aber keine Angst. Du bist immer noch mein bester Freund«, rief sie Luka entgegen, und die zwei tobten los. Es war noch so früh, dass kaum Leute am Strand waren und der helle Sand noch frisch und unberührt dalag. Hanna und Luka flitzten zwischen den rot-weiß gestreiften Strandkörben umher, rannten hoch bis in die Dünen und wieder zurück ans Wasser. Dort ließen sie sich in den Sand fallen. Die Sonne beschien Land und Meer – funkelnd und wogend lag es vor ihnen und füllte ihre Fußspuren mit Wasser.

»Luka?«, sagte Hanna leise und leckte über ihre Lippen. Sie schmeckten salzig.

»Hmm«, machte der und blinzelte.

»Hab ich dir schon gesagt, wie schön …« Hanna gluckste vor Lachen.

»Jahaaaaa«, sagte Luka und ließ eine Handvoll Sand über Hannas Beine rieseln – und dann noch eine und noch eine.

Sofie, Jens und Julia richteten sich gerade in den zwei Strandkörben ein, die sie für den Tag gemietet hatten. Sie verteilten Handtücher, und Hanna und Luka schnappten sie sich, um sich umständlich darunter ihre Badesachen anzuziehen. Hanna wäre beinahe in die Box von Esmeralda gefallen.

»Arme Kröte«, sagte sie und beugte sich hinunter. »Sollen wir dir auch das Meer zeigen?«

»Ich denke, das ist zu viel Aufregung für sie. Gestern die lange Fahrt und jetzt die neue Umgebung. Aber du kannst den Deckel abmachen, dann kann Esmeralda auch die Sonne genießen. Noch ist es ja nicht so heiß«, sagte Sofie.

»Aber wenn es zu heiß wird, gräbt sie sich wieder ein, stimmt's?«, meinte Luka.

»Genau!«, sagte Sofie.

Hanna strich Esmeralda tröstend über den Panzer. »Beim nächsten Mal darfst du raus, hörst du?« Dann streckte sie sich auf ihrem Handtuch aus und schob ihre Füße in den kühlen Sand, der immer feuchter wurde, je tiefer sie grub. »Autsch!« Etwas zwickte. Ein Kronkorken steckte zwischen Hannas Zehen. Er war alt und an den Zacken ein wenig angerostet. »Kann man den nicht in den Mülleimer werfen? Wo ist das Problem?«, meckerte sie und zog den Flaschendeckel hervor.

»Hast du dir wehgetan?«, fragte Luka und hielt ihr seine Hand hin, um ihr aufzuhelfen.

»Nein, alles in Ordnung«, sagte Hanna, lief zu der blauen Mülltonne, die mitten auf dem Strand stand, und warf den Deckel hinein: »Die ist doch wohl nicht zu übersehen!«

Sie war wütend. Weil sie nicht verstand, wie man seinen Müll einfach so liegen lassen konnte.

Die zwei gingen unten am Wasser entlang, wo der Sand feucht und flach war und das Gehen leichterfiel. Hannas Blick huschte zwischen all dem nass glänzenden Strandgut umher: Knäuel von Seetang, schwarze und weiße Federn von Seemöwen und Eisvögeln, kleine und größere Steine, Steine mit Löchern und Muscheln.

»Schau mal, die Muschel! Die ist genauso schön rosa wie die, die du mir geschickt hast«, freute sich Hanna, hob sie auf und wischte den Sand ab.

»Und hier: eine schwarze. Ich glaube, die gibt es nicht so oft«, sagte Luka. Er polierte sie und steckte sie in die Tasche seiner Badeshorts.

»Ja, die ist auch toll«, fand Hanna. Sie hockte sich hin und watschelte wie eine Ente an der Wasserkante entlang, den Kopf nach unten gerichtet und die Augen scharf gestellt, damit ihr auch der kleinste Schatz nicht verborgen blieb. Muscheln in allen Farben und Größen, ein Schneckenhaus und sogar ein Stück von einer Fischgräte. Die war ihr allerdings nicht ganz geheuer.

»Was meinst du, wo der Rest vom Fisch geblieben ist?«, überlegte sie.

»Fische wohnen im Meer – da geht wohl mal was verloren, schätze ich.« Luka schielte nur von Weitem auf die Gräte. »Aber was weiß ich schon von Fisch …«

Hanna lachte. Wobei ihr der Fisch leidtat. Sie buddelte ein Loch und vergrub das Stück vom Fischskelett.

»Was ist?«, fragte sie, als Luka sie verwundert ansah. »Wir haben doch früher auch immer die toten Tiere beerdigt.«

Dann rannten sie zurück zu den Strandkörben, um ihre Fundstücke in Sicherheit zu bringen. Sie wollten endlich baden.

»Wir kommen mit«, sagte Jens und zog Sofie und Julia aus ihren gemütlichen Sitzen. Stattdessen setzte er Esmeralda samt Box hinein, damit sie ein schattiges und geschütztes Plätzchen hatte.

Zusammen standen sie an der Wasserkante. Keiner von ihnen traute sich als Erster rein.

»So kalt ist es gar nicht«, sagte Hanna. »Ich war schon mit den Füßen drin …«

»Na, dann …«, meinte Sofie und wollte schon losstapfen, da mahnte Julia: »Passt auf die Quallen auf! Die können ganz schön brennen, wenn sie euch streifen.«

Hanna sah sie irritiert an. »Die meisten sind nicht wirklich gefährlich, Hanna. Aber mach trotzdem lieber einen Bogen um sie, wenn du eine siehst.«

Doch es war keins von diesen sonderbaren Tierchen in Sicht. Also stürzten sie sich mit lautem Gejohle ins Wasser. Hanna und Luka nahmen sich an den Händen und schmissen sich in die Wellen. Hanna schluckte Salzwasser – und fand es herrlich. So lange hatte sie sich auf diesen Moment gefreut. Den ganzen Winter und den ganzen Frühling lang. Eigentlich seit dem Tag, an dem Luka sich in den Möbelwagen gesetzt hatte. Jetzt konnten weder Salzwasser noch Quallen ihre Freude trüben. Sie hüpfte und planschte und quiekte mit Luka um die Wette, machte ein paar Schwimmzüge, tauchte unter und wieder auf.

Müde und selig wateten Hanna und Luka aus dem Wasser und machten es sich auf den Handtüchern gemütlich. Hanna gefiel es, sich von der Sonne und der lauen Luft trocknen zu lassen. Sie mochte das Gefühl, wenn die Haut sich dabei vom zurückbleibenden Salz ein bisschen spannte. Sie schaute in die dünnen Schleierwolken, die über ihrem Kopf hinwegzogen. Ein Segelflugzeug flog in Kreisen über dem Strand. Hintendran flatterte ein langes rotes Band, auf dem etwas geschrieben stand. Hanna konnte es zuerst nicht lesen, weil die Sonne sie blendete.

»Schau mal, Luka! Da oben!«, sagte sie und schubste ihren Freund an, der gerade dabei war, sich von oben bis

unten mit Sonnencreme einzureiben – weil seine Mutter darauf bestand.

»Hanna, du cremst dich auch besser ein«, hörte sie dann Sofie aus dem Strandkorb rufen. Genau das hatte Hanna befürchtet. »Jetzt schau doch mal …«, sagte sie wieder und sprang auf. Sie erkannte ein Herz, und dann las sie laut: »Lina, willst du mich heiraten?«

»Was ist los? Wer will hier heiraten?«, wunderte sich Luka, der das Flugzeug nicht gehört hatte.

»Oh, das ist ja schön! Diese Lina wird sich aber freuen, oder?«, meinte Hanna, und auch Sofie schwärmte: »Ja! Das ist wirklich eine tolle Idee.«

»Ach so … das …«, stammelte Luka. Er schien unbeeindruckt. »Das Flugzeug ist cool.«

Hanna verdrehte die Augen. Von Romantik verstand Luka nichts.

»Mein Hirn verweigert seinen Dienst bei so viel Sonne …«, versuchte er sich zu retten.

»Dann sollten wir zum Essen vielleicht besser zum Hafen gehen, was haltet ihr davon?«, meinte Julia.

Alle fanden, dass das eine gute Idee war – zumal die Nordsee sich eh bald für die nächsten Stunden zurückziehen würde, wie Julia erklärte. Sie packten also ihre Sachen zusammen und trotteten gemütlich den sandigen Weg entlang. In nicht allzu weiter Entfernung sahen sie einen Leuchtturm hinter den Dünen hervorragen. Seine roten und weißen Streifen leuchteten im grellen Sonnenlicht. »Der sieht ja toll aus!«, staunte Hanna. So einen Leuchtturm hatte sie mal im Fernsehen gesehen – da war er ihr allerdings viel kleiner vorgekommen.

»Ist der noch in Betrieb?«, wollte Jens wissen.

»Nee. Die Jungs aus'm Dorf, mit denen ich Fußball spiele, meinten, dass da vor ein paar Jahren eine Familie eingezogen ist«, sagte Luka.

»Man kann da drin wohnen?« Hanna war begeistert.

»Ja, das stelle ich mir auch super vor«, meinte Luka. »Das muss die beste Aussicht der Welt sein!«

Hanna freute sich, dass Luka sich in seiner neuen Heimat so wohlzufühlen schien. Aber ein bisschen fand sie es auch komisch – immerhin war sie seine beste Freundin und wohnte weit weg … Aber es blieb keine Zeit zum Grübeln, denn vor ihr streckten sich unzählige Masten in den Himmel, an deren Enden Fahnen, Wimpel und Flaggen wehten – ein buntes flatteriges Durcheinander.

Das Hafenbecken lag in der Mitte des kleinen Örtchens wie ein Marktplatz. Eine Kutterflotte, Segelboote und größere, ältere Holzschiffe dümpelten im Wasser. Man konnte direkt von den Kuttern Fisch, Krabben und Pommes kaufen. Hanna liebte es sofort! Mit glühenden Wangen – vor Hitze und vor Aufregung – setzte sie sich zu Luka, der schon vorgerannt war, um für sie Plätze frei zu halten. Esmeralda hatte er unter dem Tisch im Schatten platziert. Überall in den kleinen Restaurants und Cafés, an den Ständen und vor den Kuttern saßen Touristen und ließen es sich gut gehen.

»Hier ist ja ganz schön was los«, sagte Hanna.

»Stimmt! Aber der Hafen in der nächsten Stadt ist viel, viel größer. Den musst du mal sehen! Da gibt es einen Jachthafen, Sportboote, eine riesige Schiffsreparaturanlage und den Fischereihafen. Deren Schiffe fahren richtig weit raus – das sind Hochseefischer!«, erklärte Luka und zeigte irgendwo über das Hafenbecken hinaus. Hanna sah ihn nachdenklich an, und dann sprach Luka aus, was sie selbst dachte: »Irgendwoher müssen die ganzen Fische ja kommen, die ihr essen wollt.« Hanna fühlte sich unwohl. Darüber hatte sie noch nie so genau nachgedacht. Sie bestellte eine Portion Pommes und stippte sie abwechselnd mit Luka in Mayonnaise und Ketchup. Lecker!

»Hey!«, rief jemand. »Hey, Sie da!«

Hanna und Luka beobachteten, wie ein Mädchen mit einem dunkelbraunen Pferdeschwanz einem älteren Mann nachlief.

»Sie haben da was verloren!«, sagte das Mädchen, hob eine Pommesschale auf und hielt sie dem Mann hin. Der schaute nur verwirrt. »Wollen Sie das nicht in den Abfalleimer werfen?«, fragte das Mädchen.

Hanna biss sich auf die Unterlippe. Der Typ sah ziemlich genervt aus und schaute das Mädchen kaum an.

»Wie bitte?«, brummelte er mürrisch.

»Das hier! Das haben sie gerade dort fallen lassen.« Das Mädchen ließ nicht locker. Bis der Mann endlich das leere Plastikschälchen nahm und es mit Schwung in den Abfall schmiss und sich dann schnaubend und mit schnellen Schritten davonmachte.

»Vielen Dank«, rief das Mädchen ihm hinterher. Sie lächelte zufrieden und verschwand irgendwo in der Menge.

»Das hätte ich mich im Leben nicht getraut«, flüsterte Hanna. Sie war beeindruckt von dem Mut und der Hartnäckigkeit des Mädchens, das nicht viel älter war als sie selbst.

»Nicht schlecht«, staunte auch Luka.

Der Heimweg führte über den Deich, über saftiges grünes Gras, auf dem Schafe weideten. Nur ein kleiner Holzzaun trennte die Tiere auf dem Hügel vom Meer und von Lukas

Hof. Hanna zog ihre Sandalen aus, stapfte durch das Gras und zwischen den blökenden Schafen umher. »Moin!«, sagte sie, weil sie es so mochte, *Moin* zu sagen. Sie sagte es zu jedem einzelnen Schaf – vierundzwanzig Mal.

»Die Tiere gehören zum Nachbarhof«, rief Luka dazwischen. »Wobei *Nachbar* hier oben an der Küste was anderes bedeutet als in der Stadt«, meinte er. Der nächste Hof lag nämlich ein paar Kilometer weit entfernt.

»Ihr habt einfach viiiiel mehr Platz«, rief Hanna. Sie breitete die Arme aus und segelte über den Deich, an den hohen Pappeln vorbei bis zum Hof.

Am Abend saßen Hanna und Luka auf der alten Hollywoodschaukel vor der Scheune. Bei jedem Vor und Zurück quietschte sie. Ansonsten war alles ruhig und friedlich. Esmeralda hatte sich unter Löwenzahn und Kohlblättern in ihrem Gehege vergraben, Hahn stieg seelenruhig hinter Huhn in den Stall, und die Pferde standen im Sonnenuntergang und warfen lange Schatten auf den Schotterweg hinter dem Zaun. Die beiden wären dort auf ihrer Schaukel fast eingeschlafen, hätte Hajo ihnen nicht die Nacht im Stroh versprochen. Mit einem Stapel Decken und Laken kam er zu ihnen.

»Schlafenszeit?«, fragte er – und sofort waren Hanna und Luka auf den Beinen, kletterten mit Hajo auf die Strohballen und richteten sich ganz oben unterm Dach ihr Nachtlager ein. Julia, Sofie und Jens kamen zum Gutenachtsagen.

»Hier ist noch eine Taschenlampe. Für alle Fälle«, sagte Julia.

»Für alle Fälle?«, wunderte sich Hanna.

»Wenn du mal rausmusst. Zum Klo oder so«, meinte Luka.

Ein bisschen mulmig war Hanna schon. Andererseits war sie so müde, dass sie bestimmt sofort einschlafen würde. Doch während Luka tatsächlich gleich wegdämmerte, konnte Hanna an Schlaf nicht mal denken. Sie hatte das Gefühl, die Dunkelheit drängte sich allmählich durch das alte Gemäuer und durch jede Ritze in die Scheune. Schon bald war es stockfinster. Viel dunkler als zu Hause, fand Hanna und hielt den Atem an, weil es über ihr in den Dachbalken knarrte und quietschte. Und raschelte da nicht auch irgendwas?

Aber ihre Ohren gewöhnten sich an die fremden Geräusche, und als sich auch ihre Augen an die Dunkelheit gewöhnt hatten, sah sie durch die kleine Luke im Dach die Sterne am Himmel. Hanna dachte an Esmeralda draußen in ihrem neuen Gehege und wünschte ihr gute Nacht. Dann rückte sie ein wenig näher an den schlafenden Luka und überlegte noch, ob Lina vom Flugzeug wohl »Ja« sagen und heiraten würde. Dann fielen ihre Augen zu. Hanna schlief ein und träumte von Quallen, die wie Außerirdische aussahen.

Kapitel 4

Das Stroh, das vor ein paar Stunden nur zu erahnen gewesen war, wurde nun von der Morgensonne hell erleuchtet. Luka war schon lange wach und hatte Saft geholt und ein paar Brötchen, die er Hanna unter die Nase hielt.

»Guten Morgen!«, flötete er. »Gut geschlafen?«

»Wie spät ist es?« Hannas Stimme klang so, wie sie sich fühlte – noch nicht ganz wach.

»Halb zehn«, antwortete Luka.

»Das kann gar nicht sein! Hahn hat noch gar nicht gekräht«, wunderte sich Hanna.

»Und ob der gekräht hat! Um halb sieben! Wie jeden Morgen. Aber du hast nichts mitbekommen. Gar nichts. Auch nicht, dass ich aufgestanden bin, Esmeralda gefüttert und Frühstück geholt habe …«

»Nee, ich habe wirklich nichts gehört«, gab Hanna zu und biss in ihr Brötchen. »Aber gestern Abend, da habe ich *alles* gehört. Jedes Geräusch. Überall hat es geknackst und geraschelt.«

»Das waren wahrscheinlich die Geister von unserem

Friedhof«, grinste Luka frech. »Aber es können auch Mäuse gewesen sein. Oder Marder.«

Hanna verschluckte sich am Orangensaft: »Wenn's sonst nichts ist …«, sagte sie dann. Sie wollte nicht das panische Stadtkind sein, das sich vor kleinen Nagetierchen fürchtete. Und eigentlich fürchtete sie sich ja auch gar nicht. Nur als es dunkel war, da klang alles viel lauter und irgendwie … unheimlich.

Nach dem Frühstück begann der Alltag auf dem Hof. Das hieß, für Hajo und Julia hatte er schon längst begonnen. Hajo mistete die Pferdeboxen aus, und Julia sortierte die Honiggläser von Fiete ins Regal im Hofladen. Hannas Eltern lagen faul in der Sonne und lasen Zeitung.

»Moin«, rief Hanna. »Was machen wir heute?«

»Guten Morgen, wie war die Nacht im Stroh?«, fragte Sofie.

»Super!«, sagten Hanna und Luka wie aus einem Mund und grinsten sich an.

»Wir würden heute gern auf dem Hof bleiben und uns ein wenig ausruhen. Einfach mal nichts tun«, seufzte Jens und faltete seine Zeitung zusammen.

»Nichts tun?«, wiederholte Hanna erstaunt.

»Wir können ja wieder an den Strand …«, meinte Luka dann.

»Ja! Zum Meer!«, jubelte Hanna.

»Allein?«, fragte Sofie.

Sie klang besorgt, fand Hanna. »Wir sind doch zu zweit!«, sagte sie deshalb schnell. »Nee, zu dritt! Esmeralda nehmen wir auch mit.«

»Aber ihr schwimmt auf keinen Fall weit raus, hört ihr?«, mahnte Jens.

»Nur bis dahin, wo ihr noch stehen könnt«, sagte Sofie ernst. »Und nimm dein Handy mit, Hanna.«

»Aye, aye, Käpt'n«, sagte Hanna und hielt sich die Hand an die Stirn wie ein Matrose.

»Han-na«, sagte Sofie, und an ihrem Tonfall erkannte Hanna, dass sie es *sehr* ernst meinte. »Mama, wir passen auf. Versprochen!«, sagte sie und umarmte ihre Mutter fest.

Am frühen Nachmittag machten sich Hanna, Luka und Esmeralda auf den Weg zum Strand. Ohne Eltern. Dafür mit Eimern, Schaufel und selbst gebackenem Kirschkuchen, den Julia ihnen eingepackt hatte. Für Hanna war das etwas ganz Besonderes, sie war nicht allzu oft allein unterwegs. Nur zu Freunden in der Nachbarschaft oder manchmal zum Supermarkt oder zum Bolzplatz. Fröhlich sprang sie an Lukas Seite auf und ab und freute sich, als sie das Meer erreichten – und es auch tatsächlich da war.

Die beiden wollten sofort ins Wasser und stellten Esmeralda so ab, dass sie sie noch sehen konnten – sie aber weit genug vom Meer entfernt war.

»Pass schön auf unsere Sachen auf«, grinste Luka.

»Reingehen ist immer ein bisschen fies«, sagte Hanna, als das kalte Meerwasser um ihre Beine spülte. Sie ging nur in Gänsefüßchen voran: »Am Bauch ist es besonders …«, quiekte sie – da flitzte Luka an ihr vorbei, schmiss sich in die Wellen und strampelte mit den Beinen, dass es nur so spritzte und schäumte. »Einfach rein!«, brüllte er.

»Na warte!«, rief Hanna, ließ sich ebenfalls ins Wasser fallen und ruderte und strampelte zurück. Die beiden lieferten sich eine ordentliche Wasserschlacht.

Danach holte Luka die beiden Eimer, und er und Hanna tauchten sie ins Wasser, um damit nach Muscheln und vielleicht nach kleinen Krebsen zu fischen. Und tatsächlich fanden sie jedes Mal kleines Getier, sogar eine Schnecke. »So viel Leben in so wenig Wasser«, wunderte sich Hanna und goss den Eimer langsam wieder aus, zurück ins Meer.

»Die arme Esmeralda!«, meinte Luka dann. »Wollen wir sie nicht auch mal rauslassen?«

»Ja, du hast recht. Das machen wir …«, stimmte Hanna zu. Die beiden stiegen aus dem Wasser. »Lass uns besser in Richtung Dünen ziehen, damit sie nicht ins Wasser läuft.«

»Kann sie denn nicht schwimmen?«, wollte Luka wissen.

»Esmeralda ist eine *Land*schildkröte, schon vergessen?«

Hanna öffnete den Deckel. Ihre nassen Haare tropften in die Box, als sie Esmeralda herausnahm und in den Sand setzte.

»Willkommen an der Nordsee«, sagte Luka. Esmeralda reagierte wie immer – nämlich gar nicht. Sie blieb auf ihrem Fleck und bewegte sich keinen Millimeter.

»Da leben deine Verwandten«, sagte Hanna und zeigte aufs Wasser. »Die Meeresschildkröten.«

Als hätte sie verstanden, was Hanna gesagt hatte, und als wollte sie nach ihren Artgenossen sehen, setzte Esmeralda sich in Bewegung. Ihre kurzen Beinchen schabten und paddelten durch den Sand.

»Schon wieder so ein Ding!« Luka räumte einen Kronkorken aus dem Weg und warf ihn in seinen Eimer, damit sich die Schildkröte auf ihrer Erkundungstour nicht verletzte. Im selben Moment tauchte das Segelflugzeug wieder auf: »Rita, ich liebe dich!«, stand gelb auf blau auf dem Banner, das hinter ihm her durch die Lüfte gezogen wurde.

»Hat er es sich anders überlegt? Oder Lina?«, prustete Hanna vor Lachen heraus.

»Da siehst du's …«, lachte auch Luka und sah sich bestätigt, dass das mit der Romantik eben doch nicht so toll war. Dann spielten sie Karten. Quartett, das liebte Luka. Obwohl Hanna meistens gewann.

»Wo ist Esmeralda?«, wunderte sich Luka nach einer Weile.

»Was? Wieso …« Hanna sah sich suchend um.

»Weit kann sie ja nicht sein«, sagte Luka. Er stand auf, konnte sie aber nirgendwo entdecken. Nervös lief er einmal um ihre Decke herum und ging bis in die Dünen. Kurz darauf kam er vom Strandhafer zerkratzt zurück. »Nichts.«

»Sie wird sich eingegraben haben!«, fiel es Hanna ein, und sie begann zu buddeln. »Nichts«, sagte auch sie, gab aber nicht auf und buddelte an einer anderen Stelle weiter. Sie fand einen Plastiklöffel, einen Trinkhalm und zwei leere Eisbecher – aber keine Esmeralda. Auch Luka grub sich durch den Strand. »Nur Folie von einem Schokoriegel … und, igitt … Zigarettenstummel«, seufzte Luka und wischte sich die Hände am Handtuch ab.

»Aber sie muss doch irgendwo sein!«, sagte Hanna.

»Braucht ihr Hilfe?«, sagte eine Stimme. Hanna drehte sich um, und vor ihr stand ein Mädchen mit braunen Haaren. Sie blinzelte zu ihr nach oben und erkannte, dass es das Mädchen vom Hafen war.

»Unsere Schildkröte hat sich eingegraben«, sagte Luka. »Jetzt suchen wir nach ihr …«

»Oh, ich liebe Schildkröten!«, meinte das Mädchen, hockte sich zu ihnen und begann, ebenfalls zu graben. Luka hielt einen weiteren Zigarettenstummel hoch.

»Das ist leider keine Schildkröte.«

»Nee«, sagte Luka nachdenklich und runzelte die Stirn.

»Wusstet ihr, dass man auf hundert Metern Strand dreihundert von diesen Dingern findet?«, erklärte das Mädchen. »Und dass es ungefähr sieben Jahre dauert, bis der Stummel abgebaut ist?«

»Abgebaut?«, fragte Luka.

»Ja, also, bis er sich sozusagen durch Wellen und Sonne aufgelöst hat. Na ja, ganz auflösen tut er sich eigentlich nicht. Es bleiben immer kleinste Miniteile übrig«, erklärte das Mädchen und rollte Zeigefinger und Daumen zusammen und blinzelte durch das winzige Loch in der Mitte.

»Woher weißt du das alles?«, wunderte sich Hanna.

»Von meinem Bruder …«

»Da bist du ja!«, rief Hanna, als sie Esmeraldas Beinchen entdeckte, die sich unter einem Zipfel ihrer Decke hervorkämpften.

»Gott sei Dank!«, rief Luka erleichtert.

Auch das Mädchen freute sich: »Tierrettung geglückt!«, lachte sie.

»Wie heißt du?«, fragte Luka sie.

»Ich bin Nelly.«

»Ich bin Luka. Und das ist Hanna.«

»Und das ist Esmeralda«, grinste Hanna und nahm die zurückgekehrte Schildkröte auf den Arm.

Nelly streichelte Esmeralda über den Panzer und schaute in ihr kleines Gesicht. »Du hast es gut bei den beiden, stimmt's? Ich wünschte, alle Schildkröten hätten es so gut. Auch die im Meer …«, seufzte sie.

»Geht es denen denn nicht gut?«, fragte Hanna.

»Na ja, ihr Lebensraum ist bedroht. In den Meeren schwimmt jede Menge Müll. Manche Schildkröten fressen sogar Plastiktüten. Weil sie aussehen wie Quallen …«

Hanna spürte einen Kloß in ihrem Hals. »Das habe ich nicht gewusst«, sagte sie leise.

»Da bist du nicht die Einzige. Viele Menschen wissen nichts davon. Oder sie wollen nichts davon wissen. Darum muss man einfach mehr tun! Und sie informieren über die Umwelt, über die Meere – und seine Bewohner«, sagte Nelly energisch.

»Du kümmerst dich wohl sehr um all das …«, meinte Luka.

»Wir … wir haben dich gestern am Hafen gesehen«, sagte Hanna. Es war ihr ein wenig unangenehm, weil Nelly sie so fragend ansah und vielleicht dachte, dass sie und Luka sie beobachtet hätten. »Der Mann mit der Pommesschale …«, erklärte Hanna.

»Ja, stimmt! Es regt mich einfach auf, wenn die Leute alles irgendwohin schmeißen. Die machen sich überhaupt keine Gedanken …«

Hanna und Luka stimmten ihr kopfnickend zu.

»Das hier ist meine Heimat. Ich bin hier geboren. Ich will nicht, dass der Strand und das Meer zu einer riesigen Mülldeponie werden«, erklärte Nelly.

Die Kinder sahen aufs Meer hinaus. Hanna hielt Esmeralda in ihrem Arm und wusste, dass Nelly recht hatte. Dass sie etwas tun mussten …

»Wir haben Kuchen mitgebracht. Magst du ein Stück?«, unterbrach Luka die Stille. »Hat meine Mutter selbst gebacken.«

»Kuchen? Immer!«, sagte Nelly begeistert.

Luka fegte den Sand von der Decke, strich sie glatt und holte den Kuchen aus der Brotdose, die Julia ihnen eingepackt hatte.

»Und woher kommt ihr?«, fragte Nelly mit vollem Mund.

»Ich wohne auf einem Bauernhof hier ganz in der Nähe. Hinterm Deich. Bei den hohen Pappeln«, sagte Luka und schwenkte die Arme über seinen Kopf. »Davor habe ich in der Stadt gewohnt …«

»Und da wohne ich noch immer«, erklärte Hanna. »Ohne Luka. Aber mit Esmeralda.«

»Du bist also zu Besuch hier?«, fragte Nelly.

»Ja, in den Ferien.«

»Schön. Ich muss jetzt aber los. Wollen wir uns morgen wieder hier treffen?«, schlug Nelly vor.

Hanna war begeistert. Dieses interessante Mädchen wollte sich wirklich mit ihr und Luka treffen!

»Ja! Gerne!«, sagte sie, und Luka stimmte zu. »Das heißt … wenn unsere Eltern uns lassen … Wenn sie keine anderen Pläne haben.«

»Ich werde sowieso hier sein«, sagte Nelly. »Wäre schön, euch zu sehen! Tschüs.«

Hanna und Luka winkten ihr hinterher. Über ihnen segelte das Flugzeug und verkündete: »Carsten, du bist der Beste!« Hanna kringelte sich vor Lachen.

Auf dem Weg zurück zum Bauernhof waren Hanna und Luka nachdenklich.

»Sie hat gar nicht *Moin* gesagt. Obwohl sie von hier ist«, sagte Hanna plötzlich. Das war ihr eben erst aufgefallen.

»Nee, hat sie nicht. Nelly redet anscheinend nicht viel drum herum«, sagte Luka schmunzelnd. »Sie kommt gleich zum Punkt!«

»Stimmt«, lachte Hanna. »Ich mag sie. Sie hat keine Angst davor, ihre Meinung zu sagen. Das finde ich toll!«

Von Weitem sah sie die Pappeln. Es war schön zu wissen, dass dahinter ihre Eltern, Julia und Hajo auf sie warteten. Als sie den Hof erreichten, lag er ganz friedlich da in der Nachmittagssonne. Alle dösten vor sich hin – sogar die Tiere. Und als später der Tag am Himmel verglühte, verkrochen sich Hanna und Luka wieder ins Heu und Stroh. Irgendwo im Gebälk knackte und klopfte es, aber diesmal machte es Hanna nichts aus. Sie sah durch die kleine

Dachluke und dachte an Nelly und wie gern sie mit ihr befreundet wäre. Wie gut, dass ihre Eltern ihnen erlaubt hatten, sie morgen wieder am Strand zu treffen.

Kapitel 5

Sofie und Jens hatten beschlossen, zum Einkaufen in die nächste Stadt zu fahren.

»Sollen wir euch was mitbringen? Möchtet ihr was Bestimmtes?«, fragte Sofie und öffnete die Fenster und Türen des Autos, damit die Hitze rauskonnte.

»Nö! Ich habe alles, was ich brauche«, sagte Hanna und legte einen Arm um Luka, der gerade dabei war, Esmeraldas Box auf dem Komposthaufen zu leeren.

»Vielleicht die Zutaten für Stockbrot? Das könnten wir heute Abend im Lagerfeuer grillen …«, meinte Luka dann mit leuchtenden Augen.

»Jaaa! Stockbrot!«, rief Hanna. »Fürs Lagerfeuer!«

»Wird gemacht!«, sagte Jens, und Sofie hielt den Daumen hoch, als sie langsam im Wagen über den Schotterweg davonrollten.

»Du hast einfach immer die besten Ideen, meine russische Holzpuppe!«, meinte Hanna zu Luka.

»Bitte was?«

»Das musst du nicht verstehen …«, lachte Hanna und wäre fast in Fiete gelaufen, der auf seinem Rad angebraust kam. Auf dem Gepäckträger klirrten Honiggläser in einem Korb.

»Moin!«, sagte er, zeigte lächelnd sein Maiskolbengebiss und verschwand in Julias Hofladen.

Hanna lief ihm nach. »Fiete? Darf ich dich mal was fragen?«

»Hmm«, machte der schlaksige Kerl.

»Wie viele Bienen hast du?«

»Och …«, sagte Fiete und rieb sich über seine Bartstoppeln am Kinn. »Das sind nicht so viele …«

Hanna sah ihn erwartungsvoll an.

»Inzwischen vielleicht … zwanzigtausend.«

»Zwanzigtausend?« Hanna war baff. »Dann hast du ja unendlich viel Honig!«

»Na ja, das ist immer unterschiedlich«, sagte Fiete und stellte seine Gläser auf die Ladentheke. »Für ein Kilo Honig fliegt mein Völkchen gut und gerne 40 000 Kilometer, um Nektar einzusammeln. Das ist so viel wie einmal um die ganze Erde.«

»Einmal um die ganze Erde?«, wiederholte Hanna verblüfft.

»Moin, Fiete«, sagte Julia, die mit Luka in den Laden kam. Ihre Holzschuhe klapperten laut über den alten Kachelboden.

»So viel habe ich ihn noch nie reden hören«, schmunzelte Luka.

»Wenn es um seine Bienen geht, da kann Fiete schon ins Schwärmen geraten. Stimmt's, Fiete?«, lachte Julia.

Fiete nickte.

Luka warf Hanna einen Apfel zu, dann verschwanden die beiden, um zum Strand zu gehen. Schließlich hatten sie eine Verabredung.

»Wir lassen Esmeralda heute in ihrem Gehege – schaust du mal nach ihr?«, fragte Luka seine Mutter.

»Klar! Ich werde ihr nachher einen besonderen Leckerbissen bringen – frische Kräuter aus dem Garten.«

»Nelly hat recht. Sie hat's wirklich gut bei uns, oder?«, meinte Hanna, als sich die zwei auf den Weg machten.

»Ab-so-lut!«, stimmte Luka ihr zu.

Zwei Möwen flogen kreischend über sie hinweg und kündigten das nahende Meer an.

Nelly war schon da. Sie stand bis zu den Knien im Wasser und ließ ihren Blick über die heranschwappenden Wellen gleiten. Sie schien völlig in Gedanken versunken zu sein und erschrak, als Hanna und Luka auf sie zugerannt kamen.

»Ist schon komisch ...«, sagte sie nachdenklich. »Jetzt bin ich schon neun Jahre alt und komme fast jeden Tag hierher ans Meer – und es wird nie langweilig. Nie.«

Hanna und Luka stiegen auf Zehenspitzen zu ihr ins Wasser.

»Jeder Tag ist anders. Mal ist es, als ob die Nordsee schläft, und mal braust sie wie wild. Manchmal ist sie blau, dann grün oder grau. Manchmal regnet es, und dann scheint die Sonne – manchmal auch beides gleichzeitig. Ich glaube, ich könnte nirgendwo anders leben …«, schwärmte Nelly.

»Und manchmal zieht das Wasser sich zurück – so wie jetzt«, meinte Luka. Und als Hanna sich umschaute, fiel es auch ihr auf: Das Meer schwappte nicht so weit an den Strand wie gestern.

»Jetzt ist ablaufendes Wasser. Wenn ihr trotzdem Meerblick wollt, könnt ihr mit mir auf den Leuchtturm kommen. Von da hat man die allerbeste Sicht!«, sagte Nelly.

»Auf den Leuchtturm?«, wunderte sich Hanna.

»Ich dachte, da kann man nicht rauf. Da wohnt doch jemand«, sagte Luka.

»Stimmt! Wir wohnen da!«, sagte Nelly grinsend.

Hanna und Luka sahen sich ungläubig an. Das war ja … das war ja fantastisch! Das war das Beste!

Nelly lachte, als sie Lukas und Hannas überraschte Gesichter sah. Sie nahm Hanna an die eine und Luka an die andere Hand und zog sie mit sich über den langsam breiter werdenden Strand. Der Boden unter ihren Füßen wurde schlammiger, und überall entstanden kleine Rinnen, durch die das Wasser ablief. Hanna mochte das schmatzende Geräusch, wenn sie ihre Füße aus dem Schlick zog.

Ihr Ziel war nicht zu übersehen! Der Leuchtturm überragte alles. Je näher sie kamen, desto größer und beeindruckender wurde er. Er hatte dicke rote und weiße Streifen, ein paar kleine Fenster – und die oberste Etage war komplett verglast.

Die Scheiben funkelten in der Sonne und blendeten Hannas Augen, als sie ihren Kopf in den Nacken legte, um sich den Turm von unten bis ganz oben anzuschauen. Eine Frau mit einem bunten Tuch um den Kopf schaute aus einem Fenster in der ersten Etage.

»Hallo, Mama!«, rief Nelly.

»Hallo, Helen!«

»Helen?«, fragte Luka verdutzt.

»Das ist mein richtiger Name. Leider. Aber ich habe Nelly draus gemacht – und alle nennen mich auch so. Nur meine Eltern nicht …«, erklärte Nelly.

»Das stimmt. Weil wir einen anderen Namen für dich ausgesucht haben, mein Kind«, sagte der Mann, der in dem kleinen Gärtchen vorm Leuchtturm in einem Korbsessel saß und las. Vor ihm auf dem Tisch und um ihn herum stapelten sich Bücher und Zeitschriften. »Helen bedeutet nämlich *Die Strahlende* oder *Sonnenschein*«, sagte er.

Nelly verdrehte die Augen.

»Und wen hast du uns da mitgebracht?«, fragte Nellys Vater lächelnd.

»Das sind Hanna und Luka. Ich habe sie am Strand getroffen.«

»Wo sonst?«, seufzte er. »Leider kann ich weder meinen Sohn noch meine Tochter fürs Stillsitzen, Lesen und Lernen begeistern.«

»Aber … aber sie weiß auch so sehr viel. Übers Meer und seine Bewohner zum Beispiel«, sagte Hanna zögerlich.

»Ganz genau!« Nellys Mutter kam zu ihnen in den Garten. »Nur weil du eine Buchhandlung hast, müssen deine Kinder noch längst keine Bücherwürmer sein«, sagte sie und drückte ihrem Mann einen Kuss auf die Wange.

»Wohl eher Wattwürmer«, meinte der nur und widmete sich wieder seinem Buch.

»Ihr seid die zwei mit der Schildkröte, ja?«, sagte Nellys Mutter und winkte Hanna und Luka zur Begrüßung. Hanna und Luka nickten.

»Wir wohnen mittlerweile in dem kleinen Häuschen hinter dem Garten«, sagte Nelly und zeigte um die Ecke.

»Der Leuchtturm ist irgendwann einfach zu eng geworden. Jetzt ist er so was wie ein Atelier, eine Werkstatt, eine Bibliothek, ein Café – was weiß ich. Wollen wir rein?«

»Auf jeden Fall!«, sagte Luka. Er konnte es kaum erwarten. Auch Hanna war ganz aufgeregt. Ihr gefiel Nellys Familie, und sie war gespannt, wie sie hier lebten.

Sie traten ein und standen gleich in einer gemütlichen Küche, die ins Esszimmer überging.

»Die musste extra angefertigt werden – wegen der runden Wände.«

Hanna und Luka staunten nicht schlecht. Die Räume waren zwar nicht besonders groß, aber alles hatte seinen Platz und war an die Rundungen und Kurven des Turmes angepasst. Sie stiegen ein paar Stufen nach oben, immer im Kreis.

»Ich bekomme gleich einen Drehwurm«, lachte Luka und folgte Nelly.

»Hier töpfert meine Mama«, sagte Nelly und präsentierte den beiden einen Raum, der vollgestopft war mit Vasen, Töpfen, Schüsseln und kleinen Figuren in allen Größen und Farben. Am offenen Fenster stand die Töpferscheibe. Hanna und Luka trauten sich kaum, sich zu bewegen. Aus Angst, sie könnten etwas zerbrechen.

»Die sind wunderschön«, sagte Hanna.

»Ja, die Leute lieben die Sachen. Vor allem die Touristen.

Meine Mama verkauft sie auf dem Markt und bei meinem Vater in der Buchhandlung. Inzwischen ist es eher eine Buch-Töpfer-Handlung«, meinte Nelly und führte Hanna und Luka die nächsten Stufen hoch: »Das hier war früher mein Zimmer, und gegenüber war das von Claas. Jetzt ist das Ganze eine Bibliothek, wie ihr seht.«

»Ja, das kann man leicht erkennen«, schmunzelte Luka und schritt die Regale ab, die von oben bis unten voller Bücher und Zeitschriften steckten. Ein Globus stand mittendrin, und an dem einzigen freien Stück Wand hing ein Rettungsring. »Den hat Claas mal von der Arbeit mitgebracht«, sagte Nelly und hängte sich den orangen Ring um den Hals.

»Claas ist dein Bruder?«, fragte Luka.

»Genau. Er ist fast doppelt so alt wie ich und macht gerade ein Freiwilliges Ökologisches Jahr«, erklärte Nelly.

»Und wo?«, wollte Luka wissen.

»Bei der Seehundstation. Kennst du die?«

»Nee, leider war ich noch nie da – ist bestimmt sehr spannend«, meinte Luka.

»Deshalb kann er dir auch so viel über das Meer erzählen. Und über Tiere. Stimmt's?«, sagte Hanna.

»Ja. Von Claas kann man viel lernen …«, stimmte Nelly stolz zu. Hanna sah in ihren Augen, wie sehr Nelly ihren Bruder bewunderte. Sie selbst hatte sich auch immer einen großen Bruder gewünscht, und es hatte eine ganze Weile gedauert, bis ihre Eltern ihr damals verständlich machen konnten, dass das nicht möglich war – weil sie ja schließlich die Erstgeborene war.

Noch einmal ging es ein paar Stufen höher – und dort tat sich das wahre Schmuckstück des Leuchtturms auf! Ein großer, heller Raum – der rundherum verglast war und von allen Seiten das Sonnenlicht hereinließ, und den Blick auf die Nordsee! Hanna verschlug es die Sprache. Sie

stand nur da und bewegte sich kein Stück – so überwältigt war sie von diesem Anblick. Vor ihren Augen streckte sich das blaue Meer aus. Bis zum Horizont konnte Hanna schauen – und noch weiter. So kam es ihr jedenfalls vor. Das Meer schien unendlich zu sein. Ja, es hatte sich ein ganzes Stück vom Strand zurückgezogen. Aber von hier oben spielte das überhaupt keine Rolle. Ruhig und ganz selbstverständlich wogte die Nordsee vor sich hin und war einfach wunderschön.

Langsam drehte Hanna sich zu allen Seiten. Sie sah den kleinen Hafen von gestern, ein paar Häuser, Wiesen und Felder, den Deich – und da!

»Luka, schau mal da! Eure Pappeln!«, freute sie sich.

»Stimmt! Sie sehen viel kleiner aus von hier.«

Die drei ließen sich auf das große Sofa fallen, das an der Meerseite stand, und starrten auf das Wasser.

»Wie friedlich sie daliegt, unsere Nordsee«, meinte Luka nach einer Weile.

»Hmmm.« machte Hanna gedankenversunken. »Und wir sind wie die Möwen und können alles von oben sehen.«

»Seht ihr auch die Schiffe? Ganz weit da draußen …«, fragte Nelly.

»Oh ja! Wow! Das müssen riesige Kähne sein!« Luka sprang auf und ging vor bis an die Scheibe.

»Sind es auch! Sie gehören zur größten Fischerei der Nordsee«, sagte Nelly.

»Hochseefischer«, flüsterte Luka beeindruckt. Er mochte zwar keinen Fisch. Aber das Arbeiten draußen auf dem Meer interessierte ihn doch.

»Genau. Die fahren jetzt ungefähr für vier bis zehn Tage übers Meer. Da fischen sie meist mit Grundschleppnetzgeschirr. Das ist furchtbar.«

Hanna und Luka verstanden nicht und sahen Nelly fragend an.

»Grundschleppnetze werden für den Fang von Fischen und Krebstierchen benutzt, die auf dem Meeresgrund leben – Schollen, Seezungen oder Garnelen. Die werden da eingesetzt, wo das Wasser 1000 oder sogar 1500 Meter tief ist …«

Hannas Herz klopfte laut und schnell. Ihr war nicht wohl bei dem Gedanken an so tiefes Wasser. Da unten musste es doch stockdunkel sein, dachte sie.

»Und dabei wühlen sie natürlich den Boden ordentlich auf und zerstören ihn. Vor allem aber werden viele Fische verletzt und getötet, die gar nicht für den Fischfang gedacht sind. Genau wie bei der Langleinenfischerei …«

»Aber … aber da muss man doch was tun! Die können doch nicht machen, was sie wollen«, sagte Hanna. Ihr Herz pochte noch immer. Sie wandte sich von den anderen ab und blickte auf die Nordsee. Von hier sah das Meer so schön und friedlich aus – nichts verriet, dass sich in seinen Tiefen so ein Drama abspielte. Hanna schluckte und sagte: »Das geht doch nicht.«

Luka legte ihr seine Hand auf die Schulter.

»Es tut mir leid, ich wollte euch nicht den Tag verderben …«, entschuldigte sich Nelly. »Ich bin manchmal wohl zu … zu direkt?«

»Ist ja nicht deine Schuld, dass die Menschen so doof

sind und niemand drüber spricht. Noch nicht mal in der Schule haben wir das durchgenommen«, sagte Luka.

»Aber können wir denn gar nichts dagegen tun?«, fragte Hanna.

»Jeder kann was tun«, sagte Nelly.

»Jeder *muss* was tun!«, meinte Hanna dann. Ihre Tränen und ihre Traurigkeit wichen der Wut. »So kann es nicht bleiben!«

»Eis? Vanille? Schokolade?«, fragte Nellys Mutter die drei, die sich im Garten einen schattigen Platz gesucht hatten, um ein wenig auf andere Gedanken zu kommen. Immerhin waren Sommerferien, und die Sonne lachte. Hanna und Nelly schaukelten in der Hängematte, Luka hatte sich auf einer Liege ausgestreckt.

»Eis ist gut«, rief Nelly in die Küche. Das fanden auch Hanna und Luka.

»Ihr habt es wirklich schön hier«, sagte Hanna und schleckte ihr Schokoladeneis. »Schön und rund.«

»Schön und rund und warm«, meinte Nelly.

»Schön und rund und warm und lecker«, stimmte Luka ein und leckte sich die Lippen ab.

Später gingen sie zurück zum Strand. Nelly begleitete

ihre neuen Freunde. Hanna war vom Kommen und Gehen des Wassers noch immer sehr beeindruckt.

»Das ist alles so spannend! Am liebsten würde ich mal ganz weit rausfahren, um alles ganz nah zu erleben!«, sagte sie und hob eine winzige Muschel auf, die noch geschlossen war.

»Das können wir machen! Wie wäre es mit einer Kutterfahrt? Und eure Eltern können auch mitkommen! Dann lernen auch sie unsere schöne Nordsee besser kennen. Was sagt ihr?« Nelly lächelte sie an.

»Mit 'nem Kutter raus?«, rief Luka, und seine Augen glänzten vor Aufregung. »Das wollte ich schon lange mal machen!«

»Ich frage Kapitän Heiner. Der kann uns sogar die Sandbänke zeigen, auf denen die Seehunde und Robben liegen«, sagte Nelly.

»Ja! Seehunde!«, jubelte Hanna. »Die sind ja so niedlich!«

»Hört sich super an! Wann kann's losgehen?«, fragte Luka und sprang vor Freude im schlammigen Boden umher.

»Ich kenne Heiner sehr gut – wenn ihr eure Eltern noch heute fragt, kann er uns bestimmt gleich morgen auf eine seiner Touren mitnehmen. Ruft mich später dann an, okay?«, sagte Nelly, holte ihr Handy aus der Tasche und fragte nach Lukas Nummer. Dann quetschte sie sich zwischen ihn und Hanna und machte noch schnell ein Foto.

»Ich muss jetzt los. Ihr kennt ja den Weg … Bis später!«, rief sie und rannte in Richtung Leuchtturm.

Hanna und Luka liefen zurück zum Hof. Kurz vorm Deich meinte Luka: »Die Pappeln, Hanna! Die Pappeln sind unser eigener Leuchtturm! Wir können sie von überall sehen.«

»Genau!«, grinste Hanna und winkte Hajo zu, der die Rübenfelder bewässerte.

»Haaaalloo«, rief Luka. »Wir sind wieder daaaa!«

Oben wurde der Himmel pink und rot, kleine Schleierwolken zogen über ihn hinweg, und unten kroch Esmeralda durch das kühler werdende Gras. Als es endlich zu dämmern begann, häufte Jens das Holz für das Lagerfeuer auf. Hanna und Luka schnitzten Stöcke für das Stockbrot zurecht.

»Wann wollen wir sie fragen?«, flüsterte Hanna.

»Wir müssen die richtige Stimmung abwarten«, fand Luka.

Als das Feuer endlich loderte, saßen alle im Kreis und hielten ihre Spieße in die Flammen. Es roch herrlich.

»Hmmmm«, machte Hanna und zupfte ihr Brot vom Stock. Dabei schwärmten sie und Luka vom Leuchtturm, von Nellys Familie, von den runden Wänden – und natürlich von dem tollen Ausblick, den sie von dort oben hatten. Aber mit einem Mal wurde Hanna ganz still.

»Alles in Ordnung?«, fragte Sofie.

»Ja. Nein … Es ist … Wusstet ihr, dass die Netze von den großen Fischereien bis zu 1500 Meter weit runtergehen können? Bis auf den Meeresboden.« Hanna stockte, sie war noch immer erschüttert von dem, was sie heute von Nelly erfahren hatte.

»1500 Meter? So tief?« Sofie rückte näher an ihre Tochter.

»Ja. Und dabei machen sie den Meeresboden kaputt«, erklärte Hanna.

»Genau, sie richten eine Menge Schaden an«, fuhr Luka fort. »Sie wühlen den Meeresboden auf, und das Schlimmste: Sie verletzen und töten die Tiere, die da unten wohnen …«

»Das ist wirklich grausam«, meinte Jens und nahm Hanna auf den Schoß. »Und das hat euch alles diese Nelly erzählt?«

»Ja«, sagte Hanna. »Und die weiß es von ihrem Bruder. Der arbeitet in einer Seehundstation und …«

Lukas Handy brummte. »Und das ist Nelly«, grinste er und zeigte das Foto herum, das Nelly vorhin am Strand von ihnen gemacht hatte.

»Ein nettes Mädchen«, sagte Sofie.

»Ja! Und sie ist jetzt unsere Freundin«, erklärte Hanna und zwinkerte Luka zu. Der rechte Moment war gekommen, um ihre Eltern zur Kutterfahrt zu überreden.

»Und sie kennt einen Kapitän Heiner. Der könnte uns alle morgen auf seinem Kutter mitnehmen«, sagte Luka.

»Er fährt sogar bis zu den Sandbänken, auf denen die Robben und die Seehunde sind. Stellt euch das mal vor!«, sagte Hanna ganz aufgeregt.

»Oh, die möchte ich auch gern mal sehen«, meinte Sofie.

»Das ist doch eine super Idee. Wo wir schon mal hier sind«, fand auch Jens.

»Ich bin auch dabei! So einen Ausflug machen wir hier schließlich auch nicht alle Tage«, sagte Julia und drückte Hanna und Luka an sich. »Schon gar nicht mit meinen alten Lieblingsnachbarn!«

Hajo nickte. »Ich kümmere mich um den Hof. Macht ihr euch mal einen schönen Tag auf See, ihr Lieblingsnachbarn.«

Hanna und Luka waren erstaunt! So einfach hatten sie sich das nicht vorgestellt. Sie hatten ihre Überredungskünste gar nicht einsetzen müssen. Alle hatten Lust auf einen Ausflug ins Meer.

»Jaaaa!«, jubelten sie, sprangen auf und rannten um das Lagerfeuer, dessen gelbe Funken in den dunkelblauen Himmel schlugen.

Kapitel 6

Nelly hatte tatsächlich genügend Plätze für eine Fahrt am nächsten Vormittag reservieren können, und so trafen sie sich an dem kleinen Hafen. Es war Wochenmarkt, und obwohl es noch recht früh war, war schon wieder eine Menge los.

»Da ist sie«, sagte Hanna, als sie Nelly in dem bunten Gewimmel entdeckte, und rannte zusammen mit Luka vor, um sie zu begrüßen. Nelly wartete am Stand ihrer Mutter, die dort ihre getöpferten Waren anbot.

»Das sind sehr schöne Schalen«, fand Julia.

»Nellys Mama macht sie selber«, sagte Luka.

»Und die Mama bin ich.«

Sie alle stellten sich vor und schüttelten sich die Hände.

»Da kommt Suse!«, rief Nelly freudig und lief an die Hafenkante.

»Wer ist denn Suse?«, fragte Hanna. Aber da sah sie schon den roten Kutter durch das Hafenbecken auf sie zutuckern, auf dem in weißer Schreibschrift »Suse« geschrieben stand. An seinem Mast flatterten blaue, weiße und gelbe Wimpel.

»Moin!«, riefen Nelly und ihre Mutter dem Kapitän entgegen, und »Moin!« tönte es übers Wasser und an den Anleger zurück. Der Kapitän warf ein Seil an Land, und Nellys Mutter vertäute es.

Sofort stürmten Hanna, Luka und Nelly an Deck, um einen Platz an der Reling zu ergattern. Sie wollten unbedingt freie Sicht auf die Robben haben, wenn's so weit war.

»Moin! Immer reinspaziert«, sagte Kapitän Heiner, und Julia, Sofie und Jens stiegen mit bedachten Schritten über den wackeligen Bootssteg an Bord. Als alle Fahrgäste ihre Plätze gefunden hatten, rief der Kapitän laut: »Leinen los!« Nellys Mutter löste das Seil wieder und warf es zurück auf den Kutter. Dann brummte schon der Motor, und »Suse« steuerte auf die offene See – begleitet von einem Schwarm Möwen. Das Schiffshorn ertönte und dröhnte in Hannas Bauch. Sie lachte und winkte Nellys Mutter und den Touristen, die im Hafen zurückgeblieben waren, ausgelassen zu. Dann flitzte sie zu Luka und Nelly, die ganz vorn am Bug des Kutters standen, wo das Wasser sprudelte und schäumte.

Der Kutter arbeitete sich durch die Wellen und schaukelte die Fahrgäste ordentlich durch. Rechts und links wippten Enten auf dem wogenden Wasser.

»Herrlich! Diese salzige Luft«, fand Sofie und leckte sich über die Lippen.

SUSE

Der Fahrtwind ließ »Suses« bunte Wimpel flattern und fuhr Hanna ins Haar. Sie liebte es – selbst als ihr die Gischt ins Gesicht sprühte. Sie liebte jeden einzelnen Moment. Sie liebte, wie vor ihren Augen Himmel und Meer verschmolzen und wie die Sonne auf dem Wasser funkelte. Sie sah die Wölkchen über ihr und die … da … da lagen sie!

»Robben!«, rief Hanna.

»Da sind die Robben!«, rief auch Luka und beugte sich über die Reling. »Hiergeblieben!«, meinte Jens und zog Luka ein Stückchen zurück. »Wir fahren mit 12 Knoten, hat der Kapitän vorhin gesagt, und wir wollen hier keinen von euch über Bord gehen sehen.«

»Außerdem wollen die Robben auch ihre Ruhe haben«, lachte Nelly.

Die Stimme von Kapitän Heiner tönte aus einem Lautsprecher: »Als Partner des Nationalparks Wattenmeer sind wir verpflichtet, die Natur zu respektieren und keine Tiere zu stören. Der Schutz dieses einzigartigen Lebensraumes steht an oberster Stelle. Daher habt ihr sicher Verständnis dafür, dass wir nicht weiter an die Sandbänke heranfahren.«

»Das ist gut für die Tiere – aber auch gut für uns«, sagte Nelly.

Hanna und Luka sahen sie fragend an: »Wie meinst du das?«

»Na, Kegelrobben und Seehunde sind immerhin Raubtiere und haben scharfe Zähne! Kegelrobbenmännchen können bis zu 350 Kilo wiegen«

»350 Kilo – das ist sogar noch mehr, als mein Klavier wiegt«, sagte Sofie.

Man konnte die Tiere auch aus dieser Entfernung sehr gut beobachten. Unzählige Robben und Seehunde lagen dicht an dicht – allerdings ohne sich zu berühren – beieinander und genossen das Sonnenbad. Ab und zu robbte eins der Tiere über den Sand und tauchte dann in die Nordsee ab.

»Sie sehen an Land zwar schwerfällig aus und ein bisschen ungeschickt und plump – wie ein Sack Kartoffeln vielleicht«, sagte Nelly. »Aber im Wasser sind sie echt sehr elegant, und sie sind super Schwimmer!«

»Schaut mal, sie haben Junge!«, rief Julia.

»Wie süß die sind! Diese riesigen Kulleraugen …« Hanna freute sich, als sie auch die kleineren Tiere entdeckte.

»Das sind Seehund-Junge«, knarzte die Stimme von Kapitän Heiner wieder durch die Lautsprecher. »Seehunde bekommen ihre Jungen im Sommer. Dazu ziehen sie sich auf die Sandbänke zurück. Hier können sie sie in Ruhe zur Welt bringen, säugen und aufziehen. Bei den Kegelrobben passiert das erst im Winter.«

»Was ist denn eigentlich der Unterschied zwischen Robben und Seehunden?«, wollte Luka wissen.

»Robben ist sozusagen der Oberbegriff. Seehunde und Kegelrobben sind Arten«, sagte Jens. Das hatte er in einer Broschüre nachgelesen, die er vor der Abfahrt im Hafen gekauft hatte.

»Sie sehen so lustig und niedlich aus. Am liebsten möchte ich so eine bei mir zu Hause haben«, meinte Hanna.

»In der Badewanne?«, lachte Nelly, und Hanna nickte.

»Was würde wohl Esmeralda dazu sagen?«, grinste Luka.

»Suse« trat wieder den Rückweg an. Hanna, Luka und Nelly machten es sich auf den Bänken bequem und schauten in die Weite. Luka pfiff ein altes Seemannslied, das Fiete ihm beigebracht hatte.

»Seemanns Braut ist See …«, sagte Nelly leise und summte mit.

Als sie wieder im Hafen eintrafen, nahm Nellys Mutter sie in Empfang: »Wie hat es euch gefallen?«

»Es war toll!«, schwärmte Luka. »Und Hanna möchte jetzt eine Robbe für die Badewanne.«

»Das verstehe ich gut«, lachte Nellys Mutter. »Es sind wirklich ganz besondere Tiere. Mein Sohn Claas arbeitet in der Seehundstation und erzählt uns viel über die Tiere im Meer und das Leben im Watt …«

»Ich möchte auch ins Watt!«, sagte Hanna, die noch ganz im Rausch war, vom Wind, den Wellen und dem Meer. Sie konnte gar nicht genug davon bekommen.

»Es gibt jeden Tag eine Menge Führungen«, sagte Nelly. Sie wollte unbedingt, dass ihre neuen Freunde diese Wanderung mit ihr zusammen machen durften, und fügte deshalb gleich hinzu: »Das sind Profis, die kennen das Watt wie ihre Regenmanteltasche!«

»Ins Watt? Aber … Das ist …«, sagte Sofie.

Luka und Hanna unterbrachen sie, denn die zwei wussten, dass dieser Einwand kommen würde. »… nicht ungefährlich! Deshalb gehen wir ja auch nicht allein, sondern machen eine Führung«, sagte Luka.

»Mit einem Wattenmeerprofi«, ergänzte Hanna lachend und mit erhobenem Zeigefinger.

»Die Führer sind wirklich in Ordnung, das sind gute Leute. Die machen das schon ihr ganzes Leben lang«, meinte Nellys Mutter. »Denen können Sie Ihre Kinder beruhigt anvertrauen.«

Nelly zog einen Kalender aus der Tasche ihrer Shorts. »Hier stehen die Gezeiten drin – also, wann Ebbe und Flut ist. Morgen um 15 Uhr 17. Dafür könnte ich uns gleich anmelden.«

»Was ist das denn für eine komische Zeit?«, wunderte sich Luka.

»Das Meer hält sich nicht an unsere Uhren. Es kommt und geht nach seinem eigenen Rhythmus«, erklärte Jens.

»Also, 15 Uhr 17?«, fragte Nelly. Sie schaute in die Runde, und Julia, Sofie und Jens gaben ihre Zustimmung.

»Bei so guter Begleitung spricht nichts dagegen«, meinten sie. Sofort flitzte Nelly mit Hanna und Luka zu dem kleinen grün gestrichenen Holzhäuschen an einem der Anleger. Sie hatten Glück. Thies, der Wattführer, sagte ihnen gleich für den nächsten Nachmittag zu.

In der Zwischenzeit bewunderten Sofie und Julia die getöpferten Stücke von Nellys Mutter. Sofie kaufte eine Vase, und Julia war an den Schüsseln interessiert. Sie wollte sie in ihren Hofladen stellen und Äpfel und Kirschen und vielleicht Eier darin anbieten.

»Ich könnte sie auch bei mir verkaufen, wenn Sie mögen«, fiel Julia ein.

»Das ist eine tolle Idee!«, freute sich Nellys Mutter. »Bisher stelle ich sie nur hier und bei meinem Mann in der Buchhandlung aus. Der ist davon nicht allzu begeistert.«

»Kommen Sie doch mal bei uns vorbei, dann können wir alles besprechen …«, sagte Julia.

»Es ist der Hof gleich hinterm Deich mit den großen Pappeln davor!«, sagte Hanna. »Falls Sie auf dem Weg mal verloren gehen …«

»Bis morgen! Um 15 Uhr 17«, riefen Hanna und Luka.

Kapitel 7

Gleich nach dem Mittagessen am nächsten Tag ging es los. Weil sie heute noch genug laufen würden, fuhren sie mit dem Rad zum Strand und stiegen erst ab, als der Sand sie stoppte. Nelly wartete schon auf sie. Auch die anderen Wanderer und der Wattführer hatten sich schon an dem schmalen Steg versammelt, der jetzt im Trockenen lag. Seltsam sah das aus, so ohne Wasser drum herum, fand Hanna. Außerdem roch es ein wenig moderig.

Der Wattführer sortierte gerade sein Gepäck und stellte sich lautstark vor: »Moin! Ich bin Thies Magnussen – für euch aber nur Thies. Ich bin euer Wattführer. Und das ist meine Ausrüstung. Kommt gleich mal alle näher, da könnt ihr direkt was lernen.«

Hanna, Nelly und Luka und auch alle anderen scharten sich um Thies, der mit großen Gesten seine Sachen hervorkramte.

»Hier!«, sagte er und hielt ein Fernglas hoch. »Zum Beobachten von Tieren. Aber auch damit ich sehe, wenn einer von euch auf eigene Faust loszieht – und sich womöglich in Gefahr begibt.« Hanna sah Luka an.

»In Gefahr?«, flüsterte sie. Luka zuckte mit den Schultern und sah gebannt auf Thies, der mit seiner Vorstellung fortfuhr.

»Und damit kommen wir schon zum nächsten Punkt: Im Moment ist zwar nicht davon auszugehen, aber …«, er räusperte sich, »… das Wetter kann sich an der Küste blitzschnell ändern. Also, hier ist ein Seil. Was machen wir damit?« Er sah in die Runde. Hanna versteckte sich hinter Lukas Rücken. Wie früher in der Schule, wenn sie die Antworten nicht kannte. Sie konnte sich nicht vorstellen, was ein Seil mit dem Wetterwechsel zu tun haben sollte.

»Nebel«, sagte Thies dann geheimnisvoll. »Zum Beispiel bei Nebel – da haltet ihr euch alle daran fest und geht im Gänsemarsch hinter mir her. So kann keiner verloren gehen.«

»So einfach. Und so genial«, meinte Luka.

»Und hiermit kann ich dann ein Signal geben und auf uns aufmerksam machen«, sagte Thies und zog eine Trillerpfeife aus der Tasche. Hanna, Luka und Nelly hielten sich vorsichtshalber die Ohren zu, aber Thies ließ das Ding gleich wieder verschwinden. »Oder eben einfach hiermit, geht natürlich auch«, fuhr er fort und zeigte sein Handy in die Runde. »Wichtig für den Notruf – aber auch, um den Wetterdienst zu informieren, falls sich das Wetter schlagartig ändert.« Er sah Hannas leicht besorgten Blick. »*Falls* …«, betonte er.

Dann holte er etwas hervor, das Hanna noch nie gesehen hatte.

»Das ist wohl das älteste Navigationsgerät der Welt«, meinte er. »Funktioniert immer – auch ohne Batterien.«

»Ein Kompass!«, wusste Luka. »So einen hat Hajo mir letztens geschenkt.«

»Das habe ich alles nur für alle Fälle dabei – so wie den Verbandskasten und das Notsignal-Leuchtfeuer. Meistens brauche ich nichts davon. Den Kompass vielleicht … Aber heute haben wir einen strahlend blauen Himmel – der beste Start für eine wunderbare Wanderung durch unser schönes Watt! Seid ihr bereit?«, fragte er die kleine Gruppe. Alle riefen »Ja!« und »Klar!« und »Absolut!« und applaudierten Thies für seinen Vortrag.

»Es geht los!«, sagte Nelly und hakte Hanna und Luka unter. »Ich war schon so oft im Watt unterwegs. Aber es ist immer wieder ein Abenteuer!«

»Vertraut meiner Erfahrung als Wattführer und achtet auf die Anweisungen, die ich euch gebe. Bitte entfernt euch nicht zu weit von unserer Gruppe, okay? Passt besonders auf, wenn wir die Priele durchqueren, denn bei starker Strömung können sie sich schnell mit Wasser füllen und euch den Weg abschneiden. Also, mir nach!«, rief Thies, und die Wandergruppe stapfte los in die matschige und schlammige Weite.

Schon bei den ersten Schritten merkten Hanna und Luka, dass es nicht ganz leicht war, durchs Watt zu wandern. Dauernd blieben sie im Matsch stecken, und es kostete ein bisschen Kraft und Mühe, die Füße wieder herauszuziehen.

»Sonst fahren hier die Schiffe entlang. Schon komisch, dass in ein paar Stunden das Wasser hier wieder mehrere Meter hoch sein wird«, meinte Hanna, je weiter sie sich von der Küste entfernten.

»Ja, total verrückt. Wir laufen gerade über den *Meeresboden*«, sagte Luka, und Hanna wurde noch feierlicher zumute.

»Wo ist das Wasser jetzt eigentlich? Und woher kommen denn überhaupt Ebbe und Flut, Thies?«, wollte Hanna wissen.

»Das Wasser verschwindet ja nicht. Es wird nur angezogen – vom Mond. Der hat nämlich eine große Anziehungskraft. Und weil er um unsere schöne Erde wandert, folgt ihm das Wasser der Meere dabei. Allerdings hat die Erde auch eine Anziehungskraft, wie ihr wisst. Sonst würden wir hier ja alle umherschweben wie im All. Also hält die Erde auch das Wasser fest. Und so kann es eben nicht verschwinden, sondern schwappt sozusagen hin und her –

zwischen den Anziehungskräften«, erklärte Thies. Hanna, Luka und die anderen Wanderer hingen an seinen Lippen. Selbst Nelly hörte ihm aufmerksam zu. »Tja, ohne die Gezeiten, also ohne Ebbe und Flut, gäbe es gar kein Wattenmeer! Was würde ich dann bloß tun?«, lachte Thies und stapfte weiter.

Der Meeresboden veränderte sich unter ihren Füßen, mal war er schlickiger, mal sandiger, mal wässriger, und an manchen Stellen war das Wasser sogar kniehoch – das war in den Prielen. Es war zwar eine gute Erfrischung an diesem heißen Tag, aber Thies erklärte immer wieder, wie tückisch diese Kanäle sein konnten, weil sie an manchen Stellen viel tiefer waren, als sie aussahen.

»Was sind denn das für seltsame Häufchen überall?«, wunderte sich Hanna. »Die sehen aus wie Spaghetti.«

»Dafür sind die Wattwürmer verantwortlich«, lachte Thies. »Sie leben eingegraben unter dem Sand. Wenn du genau hinschaust, siehst du neben den Häufchen auch immer ein Loch. Das ist der Eingang zu ihrer Höhle.«

Hanna sah sich um. Es stimmte. Häufchen und Löcher lagen dicht beieinander.

»Und wenn sie den Sand gefressen haben …«

»Würmer, die Sand fressen?«, fragte Luka ihn ungläubig.

»Sind eben Wattwürmer. Aber genau genommen fressen sie die Algen und Bakterien aus dem Sand. Und dann kacken sie den gefilterten Sand aus. Am anderen Ende ihres Baus. Und zwar ganz schnell, damit kein Vogel sie erwischt …«

Hanna verzog das Gesicht. »Wattwurmkackhaufen?«

»Es ist ja nur Sand, den sie ausscheiden – da kann man ruhig reintreten …«, grinste Thies und grub einen Wurm aus, der sich in seinen Händen kringelte.

»Hanna, guck doch mal, wie niedlich der aussieht«, meinte Luka. Aber Hanna fand, dass er wie ein normaler Regenwurm aussah, und blieb auf Abstand.

»Jetzt habt ihr den berühmtesten Bewohner unseres Wattenmeeres kennengelernt«, sagte Thies. »Aber hier gibt es natürlich noch jede Menge andere Tierchen. Überall ist Leben!« Thies strahlte.

»Er ist wirklich der geborene Wattführer«, fand Luka. Während die drei Thies weiter durch den endlos scheinenden Matsch folgten, sprangen sie umher, buddelten hier und da nach Muscheln und Wattwürmern, rutschten aus, standen wieder auf und entdeckten viele verschiedene Pflanzen. Luka war verblüfft, dass hier überhaupt irgendetwas wuchs. Schließlich hatte er auf dem Bauernhof inzwischen einiges über Pflanzen gelernt – viele waren sehr anspruchsvoll und brauchten gute Pflege, Sonne und Wasser. Wasser gab es hier zwar genug, aber es war schließlich

Salzwasser. »Wie überleben die Pflanzen das alles?«, wollte er von Thies wissen und zeigte auf ein paar Gewächse am Boden.

»Sie sind schlau«, sagte Thies. »Alle Pflanzenarten im Wattenmeer haben sich den Bedingungen hier angepasst und werden mit dem Salz, der Überflutung und auch dem Wind gut fertig. Das hier ist zum Beispiel ein Queller – der kann ohne Salz gar nicht überleben.«

»Das Meer ist wirklich eine ganz besondere Welt«, meinte Hanna und ließ ihren Blick über die vielen kleinen Pflänzchen und Muscheln schweifen. Sie hob eine auf und steckte sie in ihren Rucksack.

»Finde ich auch. Es gibt hier die allerkleinsten Lebewesen, wie die Würmer, und gleichzeitig auch die allergrößten Lebewesen. Die Wale!«, sagte Nelly mit leuchtenden Augen. »Das sind die größten Tiere auf der ganzen Welt!

Claas hat mir erzählt, dass sie bis zu 33 Meter lang werden können. Das ist von hier bis …« Nelly machte so große Schritte, wie sie nur konnte, und sprang Hanna und Luka davon. »… bis hier«, rief sie dann.

»Wow! Das ist echt lang. Und wo genau leben die?«, Hanna sah sich ein wenig misstrauisch um.

»Nur in den großen Ozeanen. Im Pazifik und so«, erklärte Nelly.

»Aber hier in der Nordsee gibt's Schweinswale!«, sagte Thies.

Hanna riss die Augen auf.

»Die sind viel kleiner – werden höchstens zweieinhalb Meter lang. Das sind ganz friedliche Gesellen. Wie die großen übrigens auch. Die greifen keinen Menschen an. Aber leider greift der Mensch sie an«, seufzte Thies.

»Aber warum?«, fragte Luka.

»Na ja, Tourismus, Schifffahrt, Lärm – das ist der reinste Stress für die Tiere. Und natürlich wird durch Jagd und Fischerei ihr Bestand immer kleiner. Und durch Umweltverschmutzung …«

Hannas Herz begann schneller zu schlagen. Wieder spürte sie diese Wut in sich aufsteigen. Wie konnten Menschen den Tieren all das nur antun? Wie konnten sie zulassen, dass das schöne Meer und seine Bewohner so verschmutzt und bedroht wurden? Sie sah Nelly an – die beiden nickten sich zu. Sie wussten, dass sie dasselbe dachten, auch ohne Worte.

»Hier!«, rief Thies, als hätte er eine riesige Entdeckung gemacht. Und das hatte er auch. Das heißt eine *kleine* Entdeckung. »Hier auf diesem kleinen Stückchen könnt ihr die Small Five des Wattenmeeres sehen. Schaut her!«

»Was heißt denn das?«, fragte Luka. »Ich habe mal von den Big Five gehört. Die gibt's aber nur in Afrika …«

»Was bedeutet das?« Nelly hatte noch nie davon gehört.

»Big Five sind die fünf größten Tiere in Afrika: Elefant, Büffel, Nashorn, Leopard und …« Luka überlegte.

»Löwe!«, sagte Hanna. Das wusste sie noch aus der Schule.

»Richtig. Und hier haben wir nun fünf sehr kleine Tierchen aus dem Watt: Wattwurm, Herzmuschel, Strandkrabbe, Wattschnecke und da drüben sogar noch ein paar Garnelen«, erklärte Thies.

»Tatsächlich!«, staunte Luka. »Du hast recht, Thies! Überall ist Leben!«, rief er begeistert und machte mit seinem Handy Fotos von den Krabbeltierchen.

»Genau. Deshalb machen auch Millionen von Zugvögeln zweimal im Jahr hier halt. Für die ist das Wattenmeer eine Oase, in der sie sich ordentlich den Bauch vollschlagen und sich für ihren weiteren langen Weg ausruhen können«, erklärte Nelly.

»Denen geht's aber gut!«, freute sich Hanna.

»Ja, die leben hier wie im Paradies«, meinte auch Luka und machte weitere Aufnahmen.

Er ging in die Hocke, um noch schnell ein Bild von der Krabbe zu machen, bevor sie sich komplett im Sand vergraben würde. Dabei rutschten ihm seine Beine weg, und er landete auf seinem Hintern im Schlamm. Er hielt nur noch sein Handy in die Luft.

Hanna wollte das Telefon retten und ihrem Freund aufhelfen. Aber ihr Fuß saß noch fest, und so zog Luka sie zu Boden. Schließlich lagen sie beide im Matsch und mussten sich von Nelly helfen lassen, die allerdings das Gleichgewicht verlor und – patsch – zwischen den beiden landete! Die drei kugelten sich vor Lachen – bis sie von oben bis unten voll Matsch waren.

»Wollt ihr euch für die Watt-Olympiade bewerben?«, lachte Thies.

»Watt-Olympiade?«, fragten Hanna und Luka.

»Das ist super!«, rief Nelly. »Die spielen Watt-Fußball und Watt-Handball und so … Aber es geht nicht darum, zu gewinnen. Nur um den Spaß, sich so richtig schmutzig zu machen!«

»Das können wir auf jeden Fall!«, lachte Hanna.

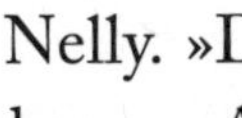

Sie sahen den Leuchtturm der nahe gelegenen Insel vor ihnen. Man konnte auch einen Kirchturm und Häuserdächer erahnen, die sich verschwommen im weiten braunen Watt abzeichneten.

»Wie eine Geisterstadt«, flüsterte Hanna. Ein merkwürdiges Gefühl, fand sie – irgendwo im Nirgendwo zu sein.

»An diesem Punkt kehren wir um. Wir wollen ja nichts riskieren, stimmt's?«, sagte Thies. Die Gruppe stimmte ihm zu und trottete ihm nach in Richtung Strand und Hafen.

Es war aufregend und interessant, im Watt zu wandern, aber auch anstrengend. Darum waren alle froh, schließlich wieder festen Boden unter den Füßen zu haben – zumindest trockenen Sandboden.

»War schön mit euch! Ich wünsche euch allen immer eine Handbreit Wasser unterm Kiel«, sagte Thies zum Abschied.

»Das bedeutet *viel Glück*«, sagte Luka. »Das weiß ich von Fiete!«

Nachdem sich Hanna, Luka und Nelly an der Stranddusche den Matsch abgewaschen hatten, setzten sie sich auf die Hafenmauer, ließen ihre Füße runterbaumeln und aßen ihre mitgebrachten Brötchen. Um sie herum lagen die Schiffe und Boote noch allesamt auf dem Trockenen. Die Segel waren eingezogen, und die Bojen und Rettungsringe hingen im Leeren. An den Anlegestellen hatten sich Enten aufgereiht, und auf den verwitterten Holzpfählen saßen Möwen und kreischten, wie um die Kinder bei ihrer Rückkehr zu begrüßen.

Bevor sie sich auf den Heimweg machten, gingen sie noch ein Stück am Strand entlang. Bald würde das Wasser zurückkommen, und sie wollten sich dieses Schauspiel nicht entgehen lassen. Sie strichen gemütlich durch den weichen Sand, als ein seltsames Geräusch zu hören war. Sie konnten nicht herausfinden, von wo genau es kam.

»Da, schon wieder. Was war das?«, fragte Hanna und schaute sich in alle Richtungen um. Es klang ein bisschen wie das Nebelhorn des Kutters, dachte sie – aber der war weit und breit nicht zu sehen.

»Ein Heuler!«, rief Nelly plötzlich. »Hier muss irgendwo ein Seehund-Junges am Strand sein!«

»Was? Wieso? Wo … wo ist es?«, fragte Hanna besorgt. Auch Luka sah sich beunruhigt um. Gestern noch hatten sie die Jungen auf den Sandbänken gesehen. Aber hier am Strand? Hier gehörten sie doch gar nicht hin.

Wieder hörten sie den seltsamen Laut. Ja, es klang tatsächlich wie ein Heulen. Es ging Hanna direkt unter die Haut. »Weint es? Was ist mit ihm? Heult es vielleicht, weil es seine Mutter verloren hat?«, überlegte Hanna.

»Nein. Jedes Baby heult. Das ist ganz normal«, erklärte Nelly und sah sich weiter um. »Aber sie sind eigentlich nicht hier am Strand. Es muss sich verirrt und tatsächlich seine Mutter verloren haben.«

Die drei liefen weiter – immer dem Heulen nach. Und dann fanden sie das Junge. Schon aus einigen Metern Entfernung sahen sie das kleine Bündel im Sand vor sich. Es robbte auf seinem Bauch, kam aber nicht von der Stelle. Etwas stimmte nicht mit dem Tier. Wieder heulte es. Hanna war den Tränen nahe. Als sie ein wenig näher kamen, konnten sie erkennen, was mit dem jungen Heuler geschehen war. Er war in ein Stück Netz verwickelt und konnte sich nicht mehr frei bewegen. Er war gefangen!

»Halt, nicht näher ran!«, mahnte Nelly. »Wir müssen unbedingt Abstand halten!«

»Aber wie sollen wir ihm dann helfen?«, fragte Luka.

»Kann ich dein Handy haben?«, fragte Nelly. Sie war

ernst und sehr konzentriert. »Ich rufe die Seehundstation an. Die werden jemanden schicken, der sich um den Heuler kümmert«, sagte Nelly und erklärte dann wild gestikulierend jemandem am anderen Ende der Leitung, was sich hier am Strand abspielte. Sie war ziemlich aufgeregt. Genau wie Hanna und Luka. Sie hielten sich an das, was Nelly gesagt hatte, und gingen nicht näher an das Tier heran. Obwohl sie es gern wollten. Dem Seehundbaby nicht helfen zu können, war ein schreckliches Gefühl. Hanna weinte vor Aufregung, Hilflosigkeit und Wut.

»Hilfe ist schon unterwegs«, sagte Nelly, nachdem sie das Gespräch beendet hatte. Sie nahm die aufgelöste Hanna in den Arm. »Hast du gehört, Hanna? Gleich kommt jemand und wird ihm helfen.«

»Aber warum können wir denn nichts tun? Sieh doch, wie es sich windet …«, seufzte Hanna.

»Es ist ein wildes Tier! Auch wenn es noch so niedlich aussieht – es ist und bleibt ein Raubtier. Und besonders, wenn die Tiere im Stress sind – so wie jetzt –, sind sie unberechenbar. Das ist zu gefährlich«, erklärte Nelly.

»Aber … aber es kämpft mit diesem verdammten Netz! Hoffentlich beeilen sich die Leute von der Seehundstation«, sagte Luka.

»Das tun sie. Das weiß ich!«, sagte Nelly. Sie schluckte und presste die Lippen zusammen.

Die drei ließen das Junge nicht aus den Augen. Die Wartezeit erschien ihnen unendlich. Doch dann kam endlich die Rettung!

»Claas!«, rief Nelly. Hanna sah ihr die Erleichterung an, als sie auf ihren Bruder zustürmte.

»Nelly! Was machst du hier?«

»Ich habe die Seehundstation angerufen! Wir haben ihn gefunden!«, sagte Nelly und zeigte auf den Heuler, der noch immer mit dem Netz rang.

»Das hast du gut gemacht. Ihr alle drei habt das gut gemacht. Ihr seid nicht zu nah an das Tier heran und habt uns gleich benachrichtigt! Alles wird gut …«, sagte er und schüttelte Hanna und Luka die Hand. »Ich bin Claas. Und das ist mein Kollege Jan. Er ist Seehundjäger.«

»Seehundjäger?«, fragte Luka verwirrt.

»Das ist nur die Bezeichnung – hat mit Jagd nichts tun. So! Jetzt machen wir uns mal ganz schnell an die Arbeit. Ihr bleibt am besten, wo ihr seid«, erklärte Claas. Zusammen mit seinem Kollegen und einer großen Kiste ging er langsam und bedächtig auf den Heuler zu. Der Kleine zappelte in dem Plastiknetz. Hanna, Luka und Nelly taten, was Claas sagte, und blieben auf Abstand, beobachteten jedoch alles ganz genau.

Claas und Jan liefen um den Seehund herum und suchten die richtige Position, um zuzupacken. Dann hielt Claas das Tier von hinten fest, griff es im Nacken und drückte es auf den Boden, sodass es stillhalten musste. Jan schnitt vorsichtig mit einem Messer Stück für Stück das Netz auf, bis der Heuler endlich befreit war! Blitzschnell öffnete Jan die Kiste, während Claas den Heuler am Boden hielt. Der wehrte sich und schlug mit seiner Hinterflosse um sich. Doch Claas und Jan konnten ihn trotzdem in die Kiste tragen.

»Was machen sie denn da? Warum kommt das Tier in die Kiste?«, fragte Luka. Die Mädchen blieben still.

Jan holte das Auto, um es an den Strand zu fahren und die Kiste samt Heuler einzuladen. Claas kam zu den dreien zurück.

»Das Tier hat leider einige Verletzungen. Die Plastikschnüre haben sich in seine Haut geschnitten. Wir nehmen es mit in die Station …«, sagte er und nahm seine Schwester in den Arm.

»Aber … aber wo ist denn seine Mutter? Sie wird ihn doch suchen, oder?«, meinte Luka.

»Ja, das stimmt. Darum nehmen wir die Jungtiere auch nur im Notfall mit. Und dies hier ist leider ein Notfall. Wir müssen den kleinen Kerl versorgen«, erklärte Claas.

Jan kam runter zum Strand gefahren und lud zusammen mit Claas das Tier ein.

»Diese verfluchten Netze – sie werden zu Todesfallen für

unsere Seehunde und Kegelrobben. Ihr habt dem Heuler das Leben gerettet!«, sagte Claas.

»Gibt es denn keine Gesetze zum Schutz der Robben?«, fragte Hanna. Sie konnte nicht glauben, dass die Tiere den Netzen einfach schutzlos ausgeliefert waren – das durfte doch nicht sein!

»Es gibt natürlich Gesetze – aber nicht jeder hält sie ein«, erklärte Claas.

»Aber warum nicht?«, fragten Hanna und Luka gleichzeitig.

»Tja …«, stöhnte Claas. »Auf dem Meer ist es eben schwierig, die Gesetze zu kontrollieren. Das nutzen viele Fischereien aus. Es gehen nicht nur versehentlich Netze über Bord. Manchmal schneiden sie zum Beispiel einfach ihre alten Plastiknetze ab …«

»Sie lassen sie absichtlich im Meer zurück?«, unterbrach ihn Luka. »Wieso das denn?«

»Weil sie vielleicht mehr gefischt haben, als erlaubt ist. Und wenn dann die Wasserschutzpolizei kommt – schwups, ist das Netz weg. Und niemand kann mehr nachweisen, von welchem Schiff es stammt.«

»Das ist ja … Das ist … ein Verbrechen!«, schimpfte Luka.

»Genau! Und diese Netze treiben dann mit den Strömungen auf dem Meeresboden und fischen sozusagen alleine weiter. Die Geisternetze sind eine tödliche Falle, weil sich die Meeresbewohner darin verfangen und dann verhungern oder ersticken. Außerdem bleibt das Plastik, aus dem sie hergestellt werden, für mehrere Hundert Jahre im Meer und setzt Gifte frei, wenn es sich zersetzt.«

Geisternetze. Wie das schon klang. Hanna lief ein Schauer über den Rücken, und eine Träne rollte über ihr Gesicht.

Die drei waren natürlich froh, dass das Tier nun außer Gefahr war. Aber glücklich waren sie nicht.

»Wenn ihr wollt, kommt den kleinen Kerl doch morgen bei uns in der Seehundstation besuchen. Dann geht's ihm hoffentlich schon etwas besser«, sagte Claas.

»Ja … das machen wir«, sagte Luka – richtige Begeisterung kam allerdings nicht auf. Zu traurig war der Grund für diese Einladung.

Claas und Jan fuhren mit dem Heuler davon. Ziemlich durcheinander und ein wenig verloren standen Hanna, Luka und Nelly am Strand.

»Diese verfluchten Netze«, wiederholte Hanna mit dünner Stimme. Sie hatte es sich so sehr gewünscht. Aber dies war der Tag, an dem sie lieber keinen Seehund gesehen hätte.

Kapitel 8

Die drei Freunde verabschiedeten sich und beschlossen, den Heuler am nächsten Tag zu besuchen.

»Bis morgen, ihr zwei«, sagte Nelly.

»Bis morgen«, sagten Hanna und Luka.

Mehr Worte hatten sie nicht.

Mit schweren Schritten steuerten Hanna und Luka zum Hof, die Fahrräder schoben sie neben sich her. Ihnen war nicht nach Radfahren. Ihnen war nicht nach Reden. Sie wollten nur noch nach Hause.

Als Julia aus dem Hofladen kam, sah sie die zwei über den Sandweg schleichen.

»Was ist denn mit euch los? War es nicht schön bei der Wattwanderung?«, fragte sie.

Die beiden sahen sie nur an.

»Luka, Hanna – was ist los?« Julia begann, sich Sorgen zu machen.

Luka ließ sein Rad fallen und umschlang seine Mutter mit beiden Armen. Hanna stand da und fühlte sich verloren. Doch dann sah sie, wie ihre Eltern von den Feldern zu ihnen gelaufen kamen. Sie hatten Hajo bei der Arbeit geholfen und sich gewundert, warum die Kinder nicht wie sonst auf sie zugestürmt kamen.

»Ist alles in Ordnung bei euch?«, rief Jens.

»Vielleicht wäre er gestorben, wenn wir nicht …«, stammelte Luka in den Bauch seiner Mutter.

»Um Himmels willen – was ist denn passiert?«, sagte Sofie, kniete sich zu Hanna und zog sie zu sich auf den Schoß.

»Der Heuler …«

»Ihr habt einen Heuler gesehen? Bei der Wattwanderung?«, fragte Sofie weiter.

»Nein. Danach. Am Strand …«, sagte Hanna, und wieder liefen ihr die Tränen.

»Am Strand? Was war denn mit dem Tier?«, wollte Jens wissen.

»Es war gefangen! In einem Netz!«, brüllte Luka los. Hanna sah die Wut in seinen Augen. Am Strand war ihr Luka noch recht ruhig vorgekommen. Aber jetzt brach es aus ihm heraus.

»Aber … aber was … wie habt ihr ihm denn geholfen?«, wunderte sich Sofie.

»Nelly hat die Seehundstation angerufen, und die haben Hilfe geschickt. Ihr Bruder Claas ist gekommen und Jan, der Seehundjäger. Sie haben den Heuler festgehalten und dann mit einem Messer das Plastiknetz um ihn herum aufgeschnitten …«, sagte Hanna mit glühenden Wangen. Sie war erschöpft.

»Gut. Dann ist doch alles gut ausgegangen, nicht wahr?«, meinte Julia.

Luka schüttelte den Kopf. »Sie mussten ihn mit in die Seehundstation nehmen. Weil er verletzt war. Weil sich die Schnüre in sein Fell und seine Haut geschnitten haben. Diese schrecklichen Geisternetze!«

»Geisternetze?« Die Erwachsenen sahen sich fragend an.

»Das habt ihr wirklich gut gemacht, ihr drei«, lobte Jens.

»Claas hat gesagt, wir sollen den Heuler morgen besuchen …«, sagte Hanna. »Dann geht es ihm bestimmt schon besser. Oder?«

»Bestimmt!«, sagte Sofie. »Sie werden ihm alles geben, was ein kleiner Heuler braucht.«

»Ich fahre euch hin«, sagte Jens. Er und Julia und Sofie waren sich einig, dass es genau das war, was die Kinder brauchten: die Gewissheit, dass der Heuler gut versorgt war.

»Wo ist Esmeralda, Mama?«, fragte Hanna. »Ich muss unbedingt mit ihr schmusen.«

»Sie ist in ihrem Gehege. Hajo hat ihr vorhin frischen Salat vom Feld gebracht.«

Hanna und Luka saßen den ganzen Abend bei ihrer Schildkröte. Sie strichen ihr über den Panzer und beobachteten, wie sie friedlich ihre Runden durchs Gras zog.

In dieser Nacht schliefen sie nicht im Heu, sondern jeder in seinem Bett – in Gedanken bei dem Heuler.

Erst beim Frühstück berichteten Hanna und Luka von der Wattwanderung, von ihren Entdeckungen in dem matschigen Boden, von all dem, was sie von Thies erfahren hatten.

»Das Meer ist etwas ganz Besonderes – selbst wenn es nicht da ist«, meinte Hanna.

»Auf jeden Fall!«, fand auch Luka. »Und bestimmt hat das Meer auch viele besondere Tiere. Vielleicht sehen wir ein paar davon in der Seehundstation. Wir wollen doch sowieso hin, um zu schauen, wie es dem Heuler geht.

Wann wollen wir denn los?«, fragte er in die Runde.

»Von mir aus sofort!«, sagte Jens.

Luka rief Nelly an, um mit ihr auszumachen, wann und wo sie sich treffen wollten.

Hanna hatte sich nach den Aufregungen von gestern etwas beruhigt. Sie hatte in ihrem Bett geschlafen. Ihr gegenüber das Bild vom tobenden, tosenden Meer, das ihr überhaupt kein bisschen Angst mehr machte, und neben ihr Esmeralda, die gemütlich in ihrer Box schlummerte. Luka fand, dass Hanna die Schildkröte heute Nacht mehr brauchte als er. Und doch rummelte es jetzt wieder in ihrem Bauch. Wie würde es dem Heuler gehen? Hatte er seine Mutter jetzt für immer verloren? Ein schrecklicher Gedanke. Hanna rutschte näher an Sofie und lehnte den Kopf an ihren Arm.

»Mama, ist der Heuler jetzt ganz alleine?«, fragte sie.

»Nein, das glaube ich nicht. Es gibt sicher eine Menge Tiere in der Seehundstation«, sagte Sofie.

»Aber … aber nicht seine Mutter.«

»Sie werden bestimmt dafür sorgen, dass das Junge schnell wieder zu ihr kann. Am besten fragst du das gleich alles Claas und die Tierpfleger dort, ja?«, meinte Sofie und drückte ihrer Tochter einen Kuss auf die Wange.

»Ja, die kennen sich aus, Hanna. Hast du ja gestern gesehen …«, sagte Luka.

Als sie bei der Seehundstation ankamen, warteten Nelly und Claas bereits auf sie.

»Wie geht es dem Heuler?«, rief Hanna durch das offene Autofenster, noch bevor sie ausgestiegen war.

»Besser!«, rief Claas zurück, und Hanna sprang freudig aus dem Auto.

»Wirklich wahr?«, vergewisserte sie sich.

Claas nickte. »Ich bringe euch gleich zu ihm«, sagte er und begrüßte auch Hannas Eltern. »Ich bin Claas, Nellys Bruder. Ich mache hier ein Ökologisches Soziales Jahr.«

»Wir haben schon viel von dir gehört«, sagte Sofie und sah sich um.

Überall im Eingangsbereich hingen Plakate von Kegelrobben und Seehunden und Wegweiser zu Ausstellungen, die Robben aus der ganzen Welt vorstellten. Auch Bilder von Meeresschildkröten und Fischen waren zu sehen.

»Wir möchten, dass sich unsere Besucher über die vielen verschiedenen Tierarten im Meer schlaumachen können. Auch über ihre Gefährdung und wie man sie schützen kann«, erklärte Claas.

Hanna, Luka, Nelly und die anderen folgten ihm durch die Hallen und die weitverzweigten Flure. Es gab so viel zu entdecken. Aber wo war ihr Heuler?

Claas führte sie durch einen langen Gang, an dessen Ende ein großes Becken zu sehen war, das draußen im Freien lag.

»Ob Sonne oder Regen, Schnee oder Sturm – hier könnt ihr unsere Tiere bei jedem Wetter beobachten. Und sie werden sich durch euch trotzdem nicht gestört fühlen«, sagte Claas.

Hinter den Glasscheiben schwammen Seehunde und Kegelrobben. Hanna und Luka zählten acht Stück. Und das Beste war: Durch riesige Unterwasserfenster, die ein paar Stufen tiefer lagen, konnten sie genau beobachten, wie die Tiere gemeinsam durch das Wasser glitten.

»Sie sehen schön aus«, schwärmte Hanna. »Und alle ein bisschen anders. Der da hat ganz viele dunkle Flecken.«

»Und der hat einen schwarzen Kringel überm Auge!«, rief Luka. Hanna und Nelly lachten. »Er sieht aus wie ein Pirat!«, sagte Nelly.

»Das ist Piet«, sagte Claas. »Einer von unseren Schützlingen, die dauerhaft bei uns leben.«

Hanna, Luka und Nelly gingen dichter an die Scheibe heran.

»So nah war ich einem Seehund noch nie«, flüsterte Hanna, als eines der Tiere an ihr vorbeizog. »Nicht mal gestern am Strand …«

»Gleich ist Fütterungszeit!«, sagte Claas und zeigte auf die Uhr. »Jeden Tag werden sie zu den gleichen Zeiten gefüttert – das weiß die Bande ganz genau«, grinste er.

Und da kam auch schon einer der Pfleger mit einem großen Eimer und stellte sich an den Beckenrand. Sofort zogen die Seehunde und Kegelrobben in seine Richtung. Sie wurden aber nicht einzeln mit der Hand gefüttert, wie Hanna sich das vorgestellt hatte, sondern der Pfleger schmiss die Fische im hohen Bogen ins Becken, sodass die Tiere nach ihrer Nahrung tauchen mussten.

»Wie in der Natur eben – wie draußen im Meer«, erklärte Claas.

Und Nelly sagte: »Stimmt, da kommt ja auch niemand vorbei und legt ihnen einen Fisch auf den Teller.«

Die Kinder waren begeistert von der Aufregung im Becken, vom Auf- und wieder-Abtauchen und den wendigen Drehungen, die die Tiere direkt vor ihren Augen machten.

»Und wie heißt der hier – der mit dem hellen Streifen über dem Kopf?«, fragte Hanna.

»Das ist Leni«, sagte Claas. »Sie ist schon eine alte Dame.«

Da fiel Hanna etwas auf: »Unser Heuler hat gar keinen Namen.«

»Stimmt«, sagte Nelly.

»Aber jeder braucht doch einen Namen …«, fand Hanna.

»Das stimmt allerdings«, sagte Sofie.

»Dann sucht einen aus«, meinte Claas.

»Was? Wir?«, stotterte Luka.

»Ihr habt ihn am Strand gefunden. Ihr habt ihn gerettet. Also sucht ihr auch den Namen aus«, erklärte Claas.

Hanna, Luka und Nelly freuten sich und überlegten, wie sie den kleinen Kerl nennen wollten.

Claas winkte ihnen und ihren Eltern, ihm zu folgen. Sie gingen raus, an der Zuschauertribüne vorbei, auf der die Gäste noch immer den Pflegern beim Füttern und den Tieren beim Fressen zusahen. Wenn ein Seehund einen Fisch direkt aus der Luft schnappte, applaudierten sie, und die Kinder trampelten mit den Füßen und klatschten aufgeregt in die Hände. Alle schienen die quirligen Tiere zu lieben.

Claas blieb vor einem Aussichtssturm stehen und zeigte hinauf. Hanna kribbelte es im Bauch.

»Besucher dürfen nicht in die Aufzuchtstation für Heuler. Aber von da oben habt ihr einen perfekten Ausblick über die gesamte Seehundstation – auch auf die Becken mit den Heulern«, sagte Claas.

Kaum hatte er das ausgesprochen, stiegen Hanna, Luka und Nelly die Stufen hoch. Vor ihnen lagen sieben kleinere und größere Becken. In jedem tummelte sich eine kleine Gruppe von Seehundjungen.

»Wo ist er? Wo ist *unser* Heuler?«, wollte Hanna wissen, denn sie konnte ihn nicht erkennen.

»Er ist dort drüben in dem Quarantänebecken«, sagte Claas und zeigte zu einem kleinen Becken am Rande des Geländes.

»Wo? Was? Was ist denn ein Ka…was?«, fragte Hanna. Das Wort hatte sie noch nie gehört.

»Quarantänebecken. Das ist ein Becken, in dem wir die kranken und verletzten Heuler lassen, bis sie wieder ganz gesund sind. Damit sie die anderen Tiere nicht anstecken und ihre Wunden in Ruhe heilen können, verstehst du?«

Hanna verstand. Aber es gefiel ihr nicht. Traurig sah sie

rüber zu seinem Becken. Dann war er ja doch ganz allein, ihr Heuler. Er hatte seine Mutter verloren und war durch das blöde Plastiknetz verletzt worden – und jetzt musste er ganz allein …

Luka und Nelly winkten ihrem Heuler zu und lenkten Hanna von ihren trübsinnigen Gedanken ab.

»Paul!«, sagte Luka dann. »Ich finde, er sieht aus wie ein Paul!«

»Ja! Du hast recht, Paul ist ein toller Name für ihn«, fand auch Nelly.

Und Hanna dachte mal wieder, dass Luka immer die besten Ideen hatte, und stimmte nickend zu: »Paul – das ist sein Name!«

Sie schlenderten noch ein wenig durch die Seehundstation.

»Ich würde euch gern noch etwas zeigen«, sagte Claas. »Ich denke, dass es euch interessiert, weil …« Er zögerte und sprach nicht weiter, so als ob er es sich gerade anders überlegt hatte. Aber seine Schwester drängte ihn.

»Was denn, Claas? Was willst du uns zeigen?«, sagte Nelly.

»Wir haben hier gerade eine besondere Ausstellung. Und – na ja – sie beschäftigt sich mit dem Thema Plastik im Meer. Woher es kommt und was es anrichten kann. Wie zum Beispiel bei Paul.«

»Unbedingt! Ich will alles wissen. Ihr doch auch, oder?«, sagte Luka und sah die anderen an.

»Auf jeden Fall«, sagte Hanna und nahm ihren Freund an die Hand.

Zusammen sahen sie sich die Tafeln an, auf denen erklärt wurde, woher der Müll kommt und wie er ins Meer gelangt – nämlich durch Abwasser und Mülldeponien. Auch der Abfall, der durch Tourismus entsteht, gehörte dazu. Die Liste des Mülls war lang und reichte von Zigarettenfiltern und Lebensmittelverpackungen über Getränkedosen und Plastikbesteck, alles, was Touristen unbedacht am Strand liegen lassen und was vom Wind ins Meer getragen oder bei der nächsten Flut ins Wasser gespült wird. Zudem wird die Umwelt durch Kreuzfahrten belastet, bei denen Unmengen von Kohlenstoff und anderen Umweltgiften ausgestoßen werden. Pures Gift für das Meer!

Und dann gab es auch noch eine Tafel, die zeigte, wie Abfall von großen Schiffen ins Meer geschüttet wird – obwohl es verboten ist! In manchen Teilen der großen Ozeane gibt es sogar ganze schwimmende Inseln aus Müll!

Hanna schüttelte sich bei der Vorstellung, wie viel unsichtbarer Dreck um sie herum schwamm, wenn sie im Meer badete. Und welche Gefahren da unter der Wasseroberfläche lauerten – vor allem für die Meeresbewohner.

Eins der Bilder auf den Tafeln zeigte eine wunderschöne Meeresschildkröte, die durch herrlich blaues Wasser schwamm – und die auf eine Plastiktüte zusteuerte.

»Sie halten Plastiktüten für Quallen, also für Futter«, erklärte Claas.

Davon hatte Nelly ihnen schon mal erzählt. Aber jetzt, wo sie es direkt vor Augen hatten, fanden Hanna und Luka es noch viel schrecklicher. Ihnen wurde klar: Nur weil man es nicht sehen kann, heißt das nicht, dass es nicht wirklich passiert – unterm Wasser, im Meer.

»Jedes Jahr gelangen auf der ganzen Welt bis zu 12 Millionen Tonnen Müll direkt ins Meer – die Hälfte davon ist Plastik, und davon sind ungefähr die Hälfte Geisternetze«, sagte Claas.

Jetzt schluckte auch Jens und las: »Plastik lässt sich nicht abbauen – es wird Hunderte von Jahren in unseren schönen Meeren umherschwimmen. Es wird sich durch Sonneneinstrahlung und durch den Wellengang in mikroskopisch kleine Teile zersetzen.«

»Genau. Und dabei werden Gifte frei – die in den Tieren enden. Je kleiner der Plastikmüll im Wasser, desto problematischer. Denn erstens ist es unmöglich, die winzigen Teilchen zu bergen, und zweitens ist das der Grund dafür, dass immer mehr Lebewesen diese Plastikteile aufnehmen. In Fischen wurde schon eine Menge von dem Zeugs gefunden. Aber auch in Muscheln und sogar in Krabben … Tja, und ganz am Ende landet es auch auf unseren Tellern.«

Hanna, Luka und Nelly standen vor einem Plakat, das diesen Kreislauf des Plastikmülls erklärte. Luka schüttelte den Kopf: »Das ist Wahnsinn!«, sagte er.

»Und dieser Wahnsinn muss gestoppt werden!«, sagte Nelly laut und entschieden.

Hanna war traurig. Und sie war wütend: »Ja! Wir haben es mit eigenen Augen gesehen. Wir haben gesehen, wie sehr Paul leiden musste – nur wegen diesem verdammten Plastik. Auch wenn die Geisternetze nur ein Teil von dem

ganzen Müll sind – es muss aufhören!«, sagte sie. Wütend zu sein, war besser, als traurig zu sein, entschied sie und sah Luka und Nelly an. Die drei fassten sich bei den Händen, drückten sie fest zusammen und sahen sich in die Augen. Hier und jetzt fassten sie einen Entschluss:

»Ab sofort treffen wir uns jeden Tag und werden einen Plan ausspinnen!«, sagte Luka.

»Und wir werden es durchziehen! Komme, was wolle! Für Paul!«, stimmte Nelly ein.

»Ein Meer für Paul!«, rief Hanna.

Kapitel 9

Ich muss den Pflegern beim Beckenreinigen helfen. Aber ihr könnt in den nächsten Tagen gerne wiederkommen und euren Paul besuchen. Sagt einfach Bescheid«, sagte er und verabschiedete sich.

»Das machen wir! Darauf könnt ihr euch verlassen!«, sagte Nelly und grinste.

Draußen auf dem Parkplatz verabredeten sich die drei Freunde dann für den nächsten Tag.

»Also um drei bei uns im Leuchtturm?«, sagte Nelly. Sie wollte sich gerade auf ihr Fahrrad schwingen, da hielt Hanna sie am Arm.

»Ich glaube, ich habe schon eine Idee«, flüsterte sie und sah sich nach ihren Eltern um.

»Und? Was denn für eine?«, drängelte Luka, und auch Nelly sah Hanna mit großen Augen an.

»Aufräumen«, sagte Hanna.

»Aufräumen? Was meinst du damit?«, fragte Luka.

»Wir müssen doch dafür sorgen, dass möglichst viele Leute davon erfahren, wie viel Müll im Meer schwimmt, stimmt's? Also müssen wir es ihnen zeigen!«

Hannas Wangen glühten vor Aufregung: »Wir räumen den Strand auf!«

»Wir räumen den Strand auf?«, wiederholte Luka irritiert.

»Kommt ihr?« Sofie winkte die Kinder zum Auto.

»Morgen erklärst du uns alles genauer. Okay?«, rief Nelly ihr hinterher.

»Okay«, rief Hanna lachend zurück und rannte mit Luka zum Auto. Sie war erleichtert. Erleichtert und froh, nicht mehr tatenlos zusehen zu müssen, wie das Meer immer mehr zur Mülldeponie wurde und Paul und allen Meeresbewohnern das Leben schwer machte.

»Ihr wollt euch morgen wieder treffen?«, fragte Sofie, als sie sich auf den Rückweg machten.

Hanna und Luka sahen sich erschrocken an. Als wären sie bei etwas erwischt worden.

Zögerlich sagte Hanna: »Ja … Geht doch in Ordnung, oder?«

»Oder hattet ihr andere Pläne?«, ergänzte Luka schnell.

»Nee. Wir haben Urlaub! Da hat man keine Pläne«, sagte Jens, öffnete das Dach vom Auto und ließ die Sonne herein.

»Genau«, grinste Luka. »Keine Pläne. Überhaupt keine …«

»Nur Heuler besuchen«, sagte Hanna und dann leise in Lukas Ohr: »Und das Meer retten.«

In dieser Nacht schliefen Hanna und Luka wieder in der Scheune. Sie hatten ihre Laken und Decken nach ganz oben auf die Strohballen geschleppt und sich dort ein gemütliches Lager hergerichtet.

»Erzähl mir von deiner Idee, Hanna!«, sagte Luka. Er war neugierig, und es war ihm sehr schwergefallen, sich das während des Essens nicht anmerken zu lassen. Und dann musste er noch den ganzen Abend aushalten, weil die Erwachsenen unbedingt einen Spieleabend veranstalten wollten. Jetzt war er endlich mit Hanna allein. »Bitte!«, flehte er sie an, steckte sich einen Strohhalm in den Mund und kaute aufgeregt darauf herum.

»Es ist eigentlich ganz einfach«, begann Hanna, um ihren Freund zu erlösen. »Du weißt doch, wie viel Müll wir am Strand gefunden haben, als wir nach Esmeralda gesucht haben. Dieses olle Plastikzeugs ist einfach überall! Also müssen wir es ausbuddeln und sammeln und den Urlaubern und allen vor die Nase halten. Nee, noch besser …« Hannas Augen strahlten. »Die Urlauber müssen mitmachen. Und die Einheimischen auch und … überhaupt alle!«

Luka sprang auf. »Das ist eine super Idee!«, jubelte er. »Wenn die Leute selber sehen, welcher Mist überall herumliegt und -schwimmt, dann müssen sie doch begreifen, dass das eine riesige Gefahr ist für die Tiere. Und für sie selbst auch …« Er setzte sich zu Hanna auf die Bettdecke und kaute auf seinem Halm. »Aber wie wollen wir das anstellen? Wie sollen wir die Leute dazu kriegen, mitzumachen beim Strandaufräumen?«, sagte er dann ein wenig besorgt.

»Das überlegen wir uns morgen zusammen mit Nelly«, meinte Hanna und stupste Luka von ihrem Platz. »Also, rüber jetzt in deine Koje. Wir müssen morgen sehr ausgeschlafen sein. Es gibt viel zu tun!«

Und so fuhren sie am nächsten Tag mit den Rädern zu Nelly. Die winkte ihnen aus dem obersten Fenster des Leuchtturms entgegen. »Haaaaalloooo!«, rief sie.

Nellys Vater saß im Garten und steckte wieder mit seiner Nase in einem Buch. »Einfach nach oben durch …«, sagte er, ohne aufzusehen.

Hanna und Luka flitzten die Stufen hoch.

»Hallo, Nelly!«, sagte Luka. Hanna musste erst mal durchatmen. Nicht, weil sie erschöpft war. Sondern weil der Ausblick ihr einfach jedes Mal den Atem nahm. So schön. So blau. So weit.

»Wir warten …«, hörte sie Nelly dann wie aus weiter Ferne sagen.

»Ja. Ja, alles klar. Also …« Hanna berichtete von ihrer Idee, und ihre Freunde applaudierten, als sie ihren kleinen Vortrag beendet hatte. »Und nun bist du gefragt«, sagte Hanna und blickte Nelly an. »Du kennst dich von uns dreien hier am besten aus. Wie stellen wir das alles an?«

Nelly, Luka und Hanna stellten sich an die große Fensterfront, sahen hinaus auf die Nordsee und dachten nach. Vom Hafen kam das Segelflugzeug auf sie zugeflogen. »Marlene, ich liebe dich!«, stand dieses Mal auf dem Flatterband, das es hinter sich herzog. »Das ist genial!«, rief Nelly.

»Ja, ich finde es auch süß. Luka denkt ja, dass …«

»Genau! Das ist es!«, sagte Nelly und rannte los, die Treppe hinunter. Hanna und Luka schauten sich verwirrt an. Im Stockwerk unter ihnen hörten sie ein Klappern und Rascheln und dann ein Prusten. Nelly kam wieder zu ihnen – über und über beladen: Unter einem Arm klemmten Papierrollen und Malblöcke, unter dem anderen ein Korb mit Farbtuben und Sprühflaschen, an ihrem Arm steckten Kleberollen aufgereiht wie Armbänder, und zwischen ihren Lippen und im Haar steckten kleine und große Pinsel.

Hanna und Luka halfen ihr und nahmen ihr die Sachen ab, ohne zu wissen, was Nelly damit eigentlich vorhatte.

»Und jetzt? Willst du auch ein Flatterband fürs Flugzeug machen? Machst du jemandem einen Heiratsantrag?«, lachte Luka.

»Nee!«, sagte Nelly und verteilte das ganze Material über den Fußboden. »Viel besser: Wir machen Plakate und Schilder, um auf den Müll und die ganze üble Verschmutzung unserer Nordsee aufmerksam zu machen.«

»Ja!«, rief Hanna begeistert und klatschte aufgeregt in die Hände. »Und für die Strandaufräum-Aktion!«

»Ganz genau«, sagte Nelly und rollte ein langes Stück Tapete aus, das von der Renovierung ihres Zimmers übrig geblieben war. Luka hielt es am anderen Ende fest und hockte sich dann zu den Mädchen auf den Boden. Dann ging es los. Die drei schnitten Papier zurecht, malten und pinselten und bestaunten gegenseitig ihre Werke.

»Rettet die Meere!«, stand auf Nellys Plakat. Auf dem von Luka stand: »Die Nordsee ist keine Mülltonne!« Hanna hatte den Hintergrund ihres Bildes strahlend blau gemalt und dann in Leuchtend-Gelb »Ein Meer für Seehund Paul!« daraufgeschrieben.

Sie waren mit ihrer Arbeit sehr zufrieden und überlegten gemeinsam, was sie auf das große Tapetenstück schreiben sollten, als Claas zu ihnen heraufkam.

»Mama sagt, ihr seid schon seit Stunden hier oben. Ich wollte euch sagen, dass es Paul schon viel besser geht. Was … was ist denn hier los …?« Er stellte die Limonadenflaschen, die er den dreien mitgebracht hatte, ab und tapste vorsichtig zwischen den Plakaten umher.

»Juhu!« Hanna riss vor Freude die Arme hoch, wobei ihr der Pinsel aus der Hand rutschte und gelbe Farbe auf den Boden platschte.

»Das sind ja mal gute Neuigkeiten!«, freute sich auch Luka.

»Gar nicht schlecht, so ’n großer Bruder, oder?«, sagte Nelly und verteilte die Limoflaschen an ihre Freunde.

»Was habt ihr denn damit vor?«, fragte Claas.

Hanna, Luka und Nelly sahen sich an. »Ich denke, wir können ihm vertrauen«, sagte Nelly, und die drei berichteten ihm von ihrem Vorhaben.

Erst sagte Claas nichts. Dann grinste er. »Gar nicht schlecht, so 'ne kleine Schwester. Und wenn sie dann noch so schlaue Freunde hat … Das ist eine richtig gute Idee! Und wo wollt ihr das aufhängen?«

»Überall! Am Strand, im Hafen, auf dem Marktplatz …«, sagte Hanna. »Überall, wo viele Menschen sind – je mehr von dem Müllproblem erfahren, desto besser!«

»Und mitmachen beim Strandsaubermachen sollen sie auch!«, sagte Luka.

»Und wann soll euer Beach-Clean-up stattfinden?«, fragte Claas.

Darüber hatten die drei noch gar nicht nachgedacht. »So schnell wie möglich, oder nicht?«, meinte Hanna.

»Es wäre natürlich gut, wenn diese tolle Aktion wirklich die Aufmerksamkeit bekommt, die sie verdient. Dass viele Leute kommen und dass möglichst auch wichtige Leute dabei sind«, meinte Claas.

»Wichtige Leute?«, wunderte sich Luka. »Was denn für wichtige Leute?«

»Na ja, Leute, die hier auch was zu sagen und zu entscheiden haben. Die was verändern können. Der Bürgermeister zum Beispiel.«

»Der Bürgermeister! Das ist gut!«, sagte Nelly begeistert.

»Wir überlegen also, was ein guter Tag wäre für die Aktion, und dann schreiben wir das Datum auf die Plakate, und dann …«, sagte Hanna.

»Und dann geht's los!«, stimmten Luka und Nelly ein.

»Genau!«, sagte Claas. »Ich finde es wirklich super, dass ihr euch starkmacht für den Schutz der Meere. Jeder kann nämlich was tun! Es muss ja nicht immer gleich so was …« Dann stoppte Claas auf einmal. So, als wollte er sich selbst den Mund verbieten. Er wandte sich von den dreien ab und wollte schon die Treppen hinabsteigen. Aber so ließ Nelly ihn nicht davonkommen.

»Immer so was …? Wir hören, Claas«, sagte sie und klang plötzlich sehr ernst.

»Immer so was ganz Großes sein. Die kleinen Dinge sind auch wichtig. Wie gesagt, jeder …«

»Du verheimlichst mir was. Du verheimlichst *uns* was! Ich kenne dich.«

Claas rollte mit den Augen. Jetzt schien er es doch nicht mehr so toll zu finden, eine kleine Schwester zu haben, dachte Hanna.

»Es wäre besser, wenn ich es dir nicht erzähle. Je weniger Leute davon wissen, desto besser. Verstehst du?«, flüsterte Claas. Er sah Nelly eindringlich an, so als wolle er sie bitten, ihn endlich gehen zu lassen. Aber da hoffte er vergeblich. Jetzt war sie erst richtig neugierig geworden. Und Hanna und Luka auch.

»Claas! Ich bin kein Baby mehr!«, sagte Nelly.

Ihr Bruder zog sie mit sich von der Treppe weg, als wollte er absolut sicher sein, dass seine Eltern nichts von der Diskussion mitbekamen. »Okay, aber kein Sterbenswörtchen. Zu niemandem. Auch ihr dürft nichts erzählen. Das müsst ihr mir versprechen«, sagte Claas zu Hanna und Luka.

Claas schloss die Tür und setzte sich zu den dreien auf den Boden. »Zwei Freunde und ich – wir fahren manchmal mit dem Boot raus. Nachts.«

»Nachts?«, fragte Hanna flüsternd nach.

»Dann sind die großen Fischereien unterwegs. Wir müssen sie auf frischer Tat dabei ertappen, dass sie zu viele Fische im Netz haben. Am besten wäre es, wenn wir erst einmal unbemerkt so nah wie möglich an eins der Schiffe herankommen. Aber dann sollen sie uns sogar bemerken, damit wir auf der Kamera festhalten können, wie sie versuchen, ihre Spuren zu vertuschen. Versteht ihr? Sie werden vertuschen wollen, dass sie zu viele Fische im Netz haben.

Also werden sie es abschneiden! Davon brauchen wir Fotos! Die fangen so viel, dass die übrig gebliebenen Tiere keinen Nachwuchs mehr zeugen können. Für all das brauchen wir Beweismittel!«, erklärte Claas.

»Weil man sonst eben nicht mehr sagen kann, von wem die Netze sind, richtig? Von welchem Schiff sie stammen. Und *wer* zu viel Fisch aus dem Meer geholt hat ...« Hanna erinnerte sich an Nellys Worte, nachdem sie Paul am Strand gefunden hatten.

»So ist es, Hanna! Die Fotos aber, die können wir dann den Behörden vorlegen, damit die sehen, was auf den Meeren wirklich geschieht! Dass sie bessere Gesetze zum Schutz der Tiere und Meere verfassen müssen. Und darauf achten, dass diese auch eingehalten werden. Auf dem Meer kann und darf nicht jeder machen, was er will! Bisher hatten wir aber noch kein Glück. Wir müssen also noch mal los ...«, sagte Claas. »Aber: Pssst!«, machte Claas und hielt sich den Zeigfinger vor den gespitzten Mund.

Hanna und Luka nickten stumm.

»Hmmm«, machte Nelly nur. Aber Hanna hatte den Eindruck, dass in ihrem Kopf etwas anderes vorging. Nelly wickelte sich ihre langen Haare um den Finger, und ihr Blick war gedankenversunken auf die Nordsee gerichtet.

»Ich verlasse mich auf euch«, sagte Claas. »Ich fahre jetzt zur Seehundstation. Wollt ihr mitkommen?«

Zu gerne hätten die drei ihren Seehund besucht. Aber sie wussten, dass sie jetzt etwas sehr Wichtiges zu erledigen hatten.

»Grüß Paul von uns und gib ihm einen dicken Fisch. Wir kommen morgen wieder vorbei«, sagte Luka.

Kaum war Claas verschwunden, fragte Hanna Nelly: »Was denkst du? Irgendwas denkst du doch, hab ich recht?«

»Ich denke, dass wir Claas noch gebrauchen können …«, sagte Nelly. Dann zog sie das große Stück Tapete hervor: »Und? Irgendwelche Vorschläge?«

Nelly, Hanna und Luka waren sich schnell einig: PLASTIK IST KEIN FISCHFUTTER! RETTET DIE MEERE, DIE FLÜSSE UND DIE SEEN!, pinselten sie in roten Buchstaben aufs Papier. Es war so lang, dass es quer durch den Raum ging.

»Wow! Das ist echt riesig. Das kann man bestimmt schon von sehr weit weg lesen!« Hanna freute sich.

»Das ist gut!«, fand auch Luka, der auf einen Hocker geklettert war, um das gesamte Plakat zu bestaunen. »Das ist sehr, sehr gut!«

»Und ich weiß auch schon den perfekten Platz dafür!«, rief Nelly. Sie drückte ihre Nase an die Fensterscheibe und zeigte nach unten. »Wir lassen es von hier herunter …«

»Hier? Aus dem Fenster? Du bist verrückt, Nelly«, sagte Luka.

»Ja! Und das finde ich super!« Hanna sprang vor Freude und Aufregung auf und ab.

»Aber wie willst du das festmachen? Damit es nicht vom Wind zerfetzt wird oder wegfliegt?«, fragte Luka.

»Kann sein, dass wir Hilfe brauchen. Dazu müssten wir allerdings meine Eltern in unseren Plan einweihen. Aber heimlich werden wir das Ganze sowieso nicht hinkriegen«, sagte Nelly.

Die drei überlegten, ob es eine gute Idee war, die Erwachsenen über ihre Aktion zu informieren.

»Ich finde es richtig«, sagte Hanna schließlich. »Das ist es doch, was wir wollen: dass sich möglichst viele Menschen mit dem Problem beschäftigen, oder nicht?«

Nellys Eltern waren im Garten. Ihr Vater las wie immer in einem Buch, und ihre Mutter pflückte Tomaten fürs Abendessen vom Strauch.

»Wie seht ihr denn aus?« Nellys Mutter lachte. Hanna, Luka und Nelly hatten Farbkleckse auf den Hosen, bunte Spritzer im Gesicht und an den Armen. Das hatten die drei selbst noch gar nicht bemerkt, so beschäftigt, wie sie waren.

»Wir haben da was vorbereitet …«, begann Nelly langsam, aber dann platzte es aus ihr heraus, und sie erzählte von Paul und den Geisternetzen, vom Plastikmüll und dass ganz dringend etwas getan werden musste. Sie machte das sehr überzeugend, dachte Hanna. Anscheinend fanden Nellys Eltern das auch.

»Ich habe wirklich zwei äußerst engagierte Kinder in die Welt gesetzt«, sagte Nellys Vater, der sogar sein Buch aus der Hand gelegt hatte. »Und jetzt soll ich euch helfen, die Plakate zu befestigen, ja?«

»Ja! Nein. Ja … aber nicht jetzt sofort. Wir müssen uns noch einen guten Termin für unsere Aktion überlegen, weil … der Bürgermeister soll ja auch mitmachen.«

»Meine Tochter!«, sagte Nellys Mutter stolz. »Und ihre Freunde natürlich«, fügte sie lächelnd hinzu.

»Ihr denkt wirklich an alles. Ich muss schon sagen, ich bin sehr beeindruckt!«, sagte Nellys Vater. Er fuhr sich durchs Haar und dachte nach. »Übermorgen haben wir ein Treffen mit dem Bürgermeister …«

»Wer ist *wir*?«, unterbrach ihn Nelly.

»Wir Ladenbesitzer und Geschäftsleute vom Marktplatz. Wenn ihr – sagen wir mal – wenn ihr mich dann am Nachmittag abholt …« Er schmunzelte.

»… dann könnten wir den Bürgermeister fragen!«, sagte Luka.

»So ist es.« Nellys Vater nickte und verschwand dann wieder hinter seinem Buch.

Hanna, Luka und Nelly waren glücklich und zufrieden mit diesem Tag – alles lief wunderbar! Stück für Stück kamen sie ihrem Ziel, Paul und allen Meeresbewohnern zu helfen, näher.

Morgen würden sie den kleinen Seehund besuchen – dieses Mal mit einem guten Gefühl.

Kapitel 10

»Es fühlt sich richtig gut an, sich für eine wichtige Sache einzusetzen!«, rief Hanna, als sie mit ihrem Rad über den Deich nach Hause fuhren. Sie ließ den Lenker los und riss die Arme in die Luft. Luka überholte sie.

»Jippie!«, schrie er in den Wind. »Ein Meer für Paul!«

Als sie am Hof ankamen, beschlossen sie, auch ihren Eltern von ihrem Vorhaben zu erzählen. Es war ja kein Geheimnis mehr, sondern ein konkretes Projekt – bei dem sogar der Bürgermeister mitmachte. Hoffentlich.

Jens, Sofie, Julia und Hajo hatten sich gerade zum Abendbrot an den Tisch unterm Kirschbaum gesetzt. »Ihr kommt genau richtig«, sagte Julia und klappte zwei weitere Stühle aus.

»Habt ihr den Leuchtturm neu gestrichen?«, lachte Hajo, als er die Farbe an den beiden sah.

»Nee … aber … wir haben was *für* den Leuchtturm gestrichen – sozusagen«, antwortete Luka.

»Wie das denn?«, wunderte sich Jens, sah die zwei fragend an und schob ihnen den Brotkorb hinüber.

Hanna nahm sich eine Scheibe. »Wir arbeiten da an einer wichtigen Sache …«, fing sie ihre Rede an. Sie war ein wenig aufgeregt und zupfte kleine Stückchen von der Kruste der Brotscheibe und warf die Krümel den Spatzen hin. »Also, ihr wisst ja, dass Paul durch so ein Geisternetz verletzt wurde. Und dass der ganze Müll das Meer und die Tiere bedroht. Deshalb haben Luka, Nelly und ich beschlossen, etwas dagegen zu unternehmen!« Hanna war jetzt ganz in ihrem Element und erzählte von der Strandaufräum-Aktion, und dass sie dafür Plakate gemalt haben und dass sie den Bürgermeister treffen wollen und dass überhaupt jeder mitmachen soll. »Auch ihr! Bitte!«, beendete Hanna ihren Vortrag.

»Da habt ihr euch ja was vorgenommen!«, sagte Hajo. »Matthes Petersen ist bockig wie ein Schaf auf'm Deich!«

Hanna lachte und verschluckte sich an ihrem Brot.

»Matthes Petersen ist unser Bürgermeister.

Und Hajo meint, dass er wohl ein bisschen, na ja, ein bisschen stur ist«, erklärte Julia. »Meine Unterstützung habt ihr jedenfalls …«

»Unsere natürlich auch«, sagte Sofie und stupste ihren Mann in die Seite. »Natürlich«, sagte dann auch Jens.

»Super!«, freute sich Hanna und umarmte ihre Eltern, so fest sie nur konnte. Viel Kraft hatte sie allerdings heute nicht mehr. Es war ein langer Tag gewesen, und Hanna war plötzlich sehr müde. Ihre Augen fielen zu, und sie schlief noch am Tisch unter dem Kirschbaum ein.

Hahns Gekrähe weckte Hanna wieder auf.

»Was? Wieso? Warum kräht der dumme Hahn denn mitten in der Nacht?«, wollte sie von Luka wissen. Doch Luka war nicht da. Hanna rieb sich die Augen und sah sich verschlafen um. Sie lag in ihrem Bett. Da war das Fenster. Darunter krähte Hahn. Und da war das Bild. Die Nordsee. Die Nordsee, die so wild brauste. Noch vor einigen Tagen war ihr das Bild so unheimlich gewesen. Jetzt sah sie nur noch ein Meer, von dem sie wusste, dass es gerettet werden musste. Hanna stand auf, lief ins Zimmer nebenan und sprang ins Bett ihrer Eltern. »Moin!«, rief sie.

»Hanna, weißt du, wie spät es ist?«, murmelte Sofie in ihr Kissen.

»Halb sieben! Hat Hahn mir eben verraten«, lachte sie. »Es gibt viel zu tun, wisst ihr? Wir müssen heute zur Seehundstation, das haben wir Claas versprochen. Und Paul natürlich. Und wir müssen unsere Aktion planen, und … ihr habt versprochen, uns zu unterstützen, schon vergessen?«, grinste sie und pustete ihrem Vater ins Ohr.

»Jahaa…«, brummte Jens. »Wir sind dabei. Auch wenn wir ja eigentlich Urlaub haben …«

Hanna zog sich an und rannte runter auf den Hof, wo Hajo und Julia schon bei der Arbeit waren.

»Moin!«, rief sie im Vorbeirennen. »Ist Luka schon wach?«

»Moin, Hanna! Der ist bei Esmeralda!«, rief Hajo ihr nach.

Da hatten wir mal wieder dieselbe Idee, dachte Hanna.

Luka saß neben Esmeralda im Gras und fütterte sie mit frischen Kräutern.

»Die armen Schildkröten im Meer. Ich muss dauernd daran denken, dass sie diese blöden Plastiktüten für Futter halten«, sagte Luka.

»Das finde ich auch traurig. Darum legen wir ja jetzt auch los und tun was gegen die Umweltverschmutzung. Und alle wollen uns helfen dabei. Das ist toll!«, meinte Hanna.

»Hoffentlich ist auch das bockige Schaf vom Deich dabei«, grinste Luka.

»Ah, du meinst den sturen Bürgermeister!«, Hanna lachte. »Das schaffen wir schon, Luka! Wir sind doch ein super Team!«

Beim Frühstück überlegten alle gemeinsam, was als Nächstes getan werden musste und wer welche Aufgaben übernehmen würde.

»Wir brauchen noch mehr Plakate. Die malen Hanna, Nelly und ich«, sagte Luka. »Zusätzlich wären Flyer gut, die könnten wir überall verteilen.«

»Wenn ihr mir sagt, was draufstehen soll, kann ich das hier am Computer machen«, sagte Jens und trommelte mit den Fingern auf seinen Laptop, den er immer und überall dabeihatte.

»Dann ist das Ding endlich mal zu was nütze«, stichelte Sofie. »Ich helfe euch dann gerne beim Verteilen.«

»Ich kann sie im Hofladen auslegen! Und bei der Auslieferung an meine Kunden mit in die Obst- und Gemüsekisten stecken«, sagte Julia begeistert. Und Hajo meinte: »Und Fiete kann sie im Dorf verteilen. Der kennt jeden – und jeder kennt ihn. Dem vertrauen die Leute hier!«

»Das ist eine sehr gute Arbeitsaufteilung«, fand Hanna und wollte am liebsten sofort losfahren. Sie konnte es nicht mehr erwarten, endlich Paul wiederzusehen.

Dieses Mal fuhren sie alleine mit dem Rad zur Seehundstation, denn schließlich kannten sie inzwischen den Weg und auch alle Leute dort.

»Eigentlich fängt das Meer schon hier an«, sagte Hanna, als sie an dem kleinen Fluss entlangradelten, der in der Morgensonne glitzerte. »Es ist einfach so schön hier! Habe ich dir das eigentlich schon mal gesagt, Luka?«

»Nur so zweiundsiebzig Mal« war Lukas Antwort.

Sie kamen gleichzeitig mit Nelly an der Seehundstation an.

»Ich freue mich so sehr, Paul zu besuchen!«, rief sie ihnen entgegen.

»Wir auch!«, sagten Hanna und Luka. Aufgeregt flitzten sie durch die langen Gänge nach draußen zum Quarantänebecken. Claas und seine Kollegen hatten es den Kindern ausnahmsweise erlaubt, so nah an das Becken zu kommen. Nur weil noch kein Betrieb war am frühen Morgen. Und

nur, weil sie die Retter des Heulers waren. Claas schleppte gerade einen Eimer Fisch zur Fütterung zum Becken.

»Moin! Schön, dass ihr da seid – da wird Paul sich freuen! Geht aber bitte nicht zu nah heran. Wir wollen ihn nicht nervös machen«, sagte Claas und hielt einen dicken Fisch in die Luft. Tatsächlich kam der kleine Heuler gleich zum Beckenrand geschwommen. Hannas Herz machte einen Hüpfer.

»Hallo, du!«, sagte sie leise. Sie wollte ihn nicht erschrecken. Sie war gerührt, dass der kleine Seehund offensichtlich schon genug Vertrauen hatte, um sich seine Mahlzeit abzuholen. Und Appetit hatte er offensichtlich auch. Als Claas ausholte und den Fisch weit ins Becken hineinwarf, schwamm Paul gleich hinterher. »Wie süß – er hat es schon gelernt …«, flüsterte Nelly.

»Ja, zum Glück ist er alt genug, dass er schon gut allein fressen kann und keine Seehundmuttermilch mehr braucht oder Fischbrei. Er erholt sich ganz allmählich von seinem Schock und von dem stressigen Transport hierher. Eurem Paul wird es jeden Tag besser gehen. Und trotzdem: Eine künstliche Aufzucht wie hier bedeutet immer Gefangenschaft. Er ist von seiner Mutter getrennt und erst mal in sozialer Isolation.«

Die Vorstellung, dass Paul seine Mutter vielleicht nie wiedersehen würde, machte Hanna traurig. Und wütend.

Und alles nur, weil die Menschen das Meer benutzten wie eine Mülldeponie!

»Können wir nicht auch hier unsere Plakate für das Strandaufräumen aufhängen?«, fragte Luka.

»Warum eigentlich nicht? Müsste ich mal nachfragen. Aber draußen vorm Eingang geht das bestimmt«, sagte Claas. Um die Kinder ein wenig aufzumuntern, gab er jedem einen Fisch, den sie für Paul ins Becken werfen durften. »Ausnahmsweise. Weil ihr ihn gerettet habt«, sagte er.

Luka warf seinen Fisch als Erster. Er wollte ihn möglichst schnell wieder loswerden. Fische waren einfach nicht seine Sache. Dann war Nelly an der Reihe und schmiss den Fisch in hohem Bogen ins Becken – und Paul tauchte hinterher. Auch Hanna schmiss ihren Fisch zu Paul und war froh zu sehen, wie er durchs Wasser schnellte, um ihn zu fangen. Vielleicht bildete sie es sich nur ein, aber sie fand, dass seine dunklen runden Augen nicht mehr so traurig aussahen wie an dem schrecklichen Tag am Strand.

»Wir fahren jetzt zu uns, um die nächsten Plakate zu malen«, sagte Nelly und winkte Paul zum Abschied.

»Ihr seid ganz schön fleißig. Habt ihr schon einen Termin für das Strandaufräumen?«, fragte Claas.

»Morgen wollen wir den Bürgermeister bei einem Treffen mit Papa und den anderen Ladenbesitzern am Marktplatz abfangen, um ihn für die Sache zu begeistern«, erklärte Nelly.

»Und unsere Eltern machen Flyer und wollen uns dabei helfen, sie zu verteilen!«, sagte Hanna.

»Hört sich gut an. Wenn alle mithelfen, kann es also schon bald losgehen!«, freute sich Claas für die drei.

»*Wenn* alle helfen …«, sagte Nelly. Sie starrte ihrem Bruder direkt in die Augen.

»Was meinst du?«, fragte Claas.

Nelly sah ihn schweigend an.

Hanna und Luka wussten nicht, was sie vorhatte.

»Oh, Nelly, es tut mir leid – ich kann euch nicht helfen«, sagte Claas. »Ich habe hier viel zu tun in den nächsten Tagen.«

»In den nächsten *Tagen*«, wiederholte Nelly, wobei sie *Taaagen* sagte. »Aber was ist mit den *Nächten*?«, fuhr sie fort.

Hanna dämmerte, worauf Nelly hinauswollte. Claas allerdings nicht. Oder stellte er sich dumm?

»Nachts schlafe ich, Nelly.«

»Wenn du nicht gerade mit deinen Freunden auf dem Meer bist, um die Fischereien bei ihren Verbrechen zu überführen …«

Claas zuckte zusammen: »Psst. Sei bitte leise, Nelly. Das ist absolut geheim. Davon darf niemand erfahren!«

»Doch, Claas! Davon muss jeder erfahren! Jeder muss

sehen, was da draußen auf dem Meer passiert. Hast du selbst gesagt. Auch Matthes Petersen! Er ist Bürgermeister, er kann was verändern! Und deshalb brauchen wir Fotos zum Beweis!«

Claas schob seine Schwester und ihre Freunde, die ein wenig hilflos herumstanden, auf die Zuschauertribüne. Hier konnte sie niemand hören. »Wir? Hast du *wir* gesagt?«

»Ja. Wir wollen dabei sein!«, sagte Nelly, ganz ohne zu zögern.

»Wir wollen dabei sein?«, flüsterte Luka Hanna überrascht zu, und Hannas Herz begann schneller zu schlagen.

»Du bist verrückt, Nelly! Du bist … doch noch ein Kind!« Claas wurde nervös, denn er schien zu merken, wie entschlossen seine kleine Schwester war.

»Na und? Du bist doch dabei. Und deine Freunde. Ihr seid doch Profis …«

Claas kannte seine Schwester gut genug, um zu wissen, dass es fast unmöglich war, sie von einem Plan abzubringen. Er rang nach Worten.

»Nelly, ich … ich kann nicht … ich weiß nicht. Und was, wenn wir wieder keine Fotos bekommen? Was, wenn wir umsonst rausfahren? Und Mama und Papa erfahren, dass ich euch mitgenommen habe? Dann bekomm ich richtig Ärger. Willst du das?« Er sah auch Hanna und Luka fragend, beinahe verzweifelt an. »Wollt ihr das?«

»Nein. Aber ich wollte schon immer weit raus aufs Meer«, sagte Luka sofort.

»Und ich möchte auch dabei sein. Ich möchte mit eigenen Augen sehen, was da vor sich geht. Und ich möchte es gemeinsam mit Nelly und Luka und dir und deinen Leuten tun.«

Nelly war stolz auf ihre Freunde. Sie hatten nicht eine Sekunde gezögert, sich ihrem Plan anzuschließen. Triumphierend strahlte sie ihren Bruder an.

»Claas, es wird schon nichts passieren. Und Mama und Papa wissen doch auch, wie wichtig uns die Nordsee ist. Außerdem werden sie es sowieso erst erfahren, wenn wir die Beweise präsentieren. Und dann werden sie froh und stolz sein. Also? Was sagst du?«

»Ich sage, dass ihr wirklich sehr hartnäckig seid. Das muss man allerdings auch sein, wenn man etwas verändern will. Morgen Nacht wollen wir raus und …«

»Jaaaa!!!«, kreischte Nelly dazwischen.

»Moment! Ich nehme euch mit, aber nur, wenn ihr euch an unsere Regeln haltet. Ihr macht genau das, was wir euch sagen. Die ganze Zeit! Bis wir wieder an Land sind, verstanden? Ihr werdet euch ruhig verhalten. Ihr werdet Rettungswesten tragen. Und ihr werdet mit niemandem – mit absolut niemandem – darüber reden.«

»Aye, aye, Käpt'n!«, sagte Nelly und schlug ihre Handkante an die Stirn.

»So – und jetzt raus mit euch. Ich habe zu tun, gleich kommen die ersten Besucher«, sagte Claas. Er wies die drei zum Ausgang und ging dann kopfschüttelnd davon. So als könnte er nicht glauben, auf was er sich da eingelassen hatte.

»Wir sehen uns morgen Abend«, sagte Luka langsam und leise – als ob auch er es nicht ganz glauben konnte.

»Ja. Morgen steuern wir aufs offene Meer!«, bestätigte Nelly.

Auf dem Weg zum Leuchtturm überlegten Hanna und Luka, wie sie sich am besten aus dem Haus stehlen könnten, ohne dass ihre Eltern etwas bemerkten. Sie waren ziemlich aufgeregt und redeten ununterbrochen und durcheinander.

»Ich kann nicht fassen, dass wir das echt machen!«, sagte Hanna.

»Das wird das größte Abenteuer des Jahres!«, meinte Luka.

»Das wird das größte Abenteuer unseres *Lebens*!«, rief Hanna.

»Am besten, ihr sagt euren Eltern, dass ihr bei mir übernachtet. Weil wir noch mehr Plakate malen müssen oder so …«, schlug Nelly vor, um endlich den nächsten Schritt zu planen.

»Das ist eine gute Idee!«, fand Hanna. »Von der Strandaufräum-Aktion wissen sie ja eh – da werden sie nichts dagegen haben, wenn wir noch mit den Vorbereitungen zu tun haben.«

»Stimmt ja auch. Irgendwie …«, sagte Luka.

Im Leuchtturm angekommen, machten sie sich gleich an die Arbeit und pinselten in allen Farben drauflos. Als Nellys Mutter zu ihnen heraufkam, bemerkten sie sie erst gar nicht. So vertieft waren sie in ihre Arbeit und in ihren Gedanken an den nächsten Tag – und die Nacht.

»Die sehen großartig aus!«, schwärmte Nellys Mutter. »Wann wollt ihr die Plakate aufhängen? Soll ich euch helfen?«

»Wir müssen noch morgen abwarten«, nuschelte Nelly mit einem Pinsel zwischen den Zähnen. »Dann können wir einen Termin für die Aktion festlegen.«

»Was ist denn morgen?«, fragte Nellys Mutter.

»Na, dann fahren wir …«

»Zum Treffen mit dem Bürgermeister«, unterbrach Hanna. Fast hätte Luka sich verplappert!

»Stimmt, den wollt ihr ja dabeihaben. Ihr seid ganz schön clever!«

»Hmmm«, machte Hanna und grinste verlegen.

»Tja, das gehört dazu, wenn man so eine große Sache plant.« Nelly räusperte sich. »Können Hanna und Luka morgen hier schlafen? Wir haben noch so viel zu tun …«

»Von mir aus gerne. Wenn eure Eltern einverstanden sind«, sagte Nellys Mutter. »Na, dann will ich euch mal nicht weiter stören. Sagt Bescheid, wenn ihr Hilfe braucht.«

»Machen wir!«, sagten die drei gleichzeitig. So richtig wohl fühlten sie sich aber nicht in ihrer Haut.

Und dieses Gefühl blieb, als Hanna und Luka am späten Nachmittag wieder zum Hof zurückkehrten.

Es ist für eine gute Sache, sagte Hanna sich immer wieder. Trotzdem hatte sie einen richtigen Knoten im Bauch.

»Genau!«, stimmte Luka ihr zu. »Ich meine, wir lügen ja nicht nur so zum Spaß! Es geht um etwas Großes …«

Das Radio vor dem Küchenfenster dudelte, aber es war niemand zu sehen. Hanna holte Esmeralda aus ihrem Gehege und sah ihr in die kleinen Augen. »Du bist bestimmt auch dafür, dass wir das Meer schützen wollen – und die Tiere.«

Sofie, Jens, Julia und Hajo kamen mit frischem Obst und Gemüse aus dem Garten. Sie waren verschwitzt von der Arbeit und hatten rote Gesichter und dreckige Hände.

»Na, ihr zwei? Sieht man euch auch mal wieder?«, sagte Jens und klatschte in die Hände, um die Erde abzuschütteln.

Hanna und Luka zuckten zusammen und sahen ihre Eltern ein wenig erschrocken an – irgendwie fühlten sie sich durchschaut. Jetzt heißt es Nerven bewahren, dachte Hanna

»Wie meinst du das?«, sagte sie.

»Das war ein Witz! Ist doch schön, dass ihr so viel draußen seid. Und dass ihr eine neue Freundin gefunden habt …«, sagte Jens.

Hanna atmete auf. »Wäre es dann auch okay, wenn wir morgen bei Nelly übernachten?«, fragte sie ohne Umschweife und bevor sie den Mut verlor.

»Ja? Bitte! Wir sind am Nachmittag sowieso verabredet, um den Bürgermeister zu treffen, das sture Schaf«, witzelte Luka und sah seine Mutter und Hajo halb bettelnd und halb bestimmt an.

Julia lächelte. »Also, ich find's in Ordnung. Nellys Familie ist sehr nett, und außerdem wollen wir euch ja in eurem Vorhaben unterstützen«, sagte sie.

»Und wir haben anschließend noch so viel zu tun, da wäre es einfach besser, wenn wir gleich …«

»Schon gut«, sagte Sofie, und auch Jens nickte zustimmend. »Ich fahre euch hin, wenn ihr wollt«, sagte er, und mit diesen Worten löste sich der Knoten in Hannas Bauch allmählich auf. Trotzdem wollte sie heute, bevor sie morgen Nacht auf die offene See steuern würde, lieber in ihrem Bett schlafen – ganz in der Nähe ihrer Eltern. Und in Esmeraldas Nähe.

Aber es dauerte lange, bis Hanna endlich einschlafen konnte. Sie schaute aus dem Fenster und sah dicke Wolken am Mond vorbeiziehen. Sie hörte, wie der Wind durch die Blätter an den Bäumen rauschte. Je lauter der Wind pustete, desto ruhiger wurde es in Hanna – und endlich ganz still.

Kapitel 11

Das war aber eine ziemlich windige Nacht«, sagte Sofie am nächsten Morgen beim Frühstück. Verschlafen rieb sie sich die Augen.

»Wind ist erst, wenn die Schafe keine Locken mehr haben«, meinte Hajo.

»Und Regen ist erst, wenn die Heringe auf Augenhöhe vorbeischwimmen«, erklärte Luka. Sein Gesicht war dabei so regungslos, dass Hanna kurz überlegte, ob er das ernst meinte. Dann aber lachte sie. Sie lachte so laut, dass schließlich alle am Tisch gackerten wie die Hühner, die um sie herumstaksten.

Gleich nachdem sie Esmeralda versorgt hatten, brachte Jens Hanna und Luka mit Sack und Pack zum Leuchtturm. Luka hatte seine Regenjacke in den Rucksack gepackt, und Hanna hatte heimlich ihre dicke Jacke in die Tasche gestopft – für alle Fälle. Sie fuhren die kleine Landstraße entlang, die sich durch die Getreide- und Rapsfelder schlängelte. Nur ein paar Schleierwolken zogen über den Himmel. Hanna schaute aus dem Fenster und sah Badehosen an Wäscheleinen flattern, verwitterte Gartenhäuschen, und als sie näher an die Küste kamen, sah sie auch die Schiffsmasten vom Hafen – und den Bootsverleih. Ein Ruck ging durch sie durch. Mit einem Mal wurde ihr wieder klar, warum sie hier im Auto saß, warum ihr Vater sie zu Nelly fuhr und was sie heute Nacht vorhatten. Es war Hanna nicht leichtgefallen, ihre Eltern anzulügen, doch spätestens als sie bei Nelly eintrafen und den Leuchtturm sahen, lösten sich alle Bedenken auf. Nelly hatte tatsächlich ihr Plakat aufgehängt! Groß und eindrucksvoll hing es von den oberen Fenstern des Leuchtturms, die bunten Farben leuchteten in der Sonne! Hannas Herz klopfte, und in ihrem Bauch kribbelte es.

»Plastik ist kein Fischfutter! Rettet die Meere, die Flüsse und Seen!«, las Jens laut und staunte: »Das habt ihr gemacht? Das ist ja ganz große Klasse!« Er parkte den Wagen, und sie stiegen aus – das heißt, Hanna und Luka stürzten hinaus! Nelly rannte ihnen entgegen, und zusammen sprangen und tanzten sie im Kreis. »Ein Meer für Paul! Ein Meer für Paul!«, schrien sie.

Jens begrüßte Nellys Vater: »Ich bin beeindruckt! Die drei haben ja wirklich große Pläne …«

»Allerdings. Nelly hat den ganzen Abend und den ganzen Morgen gedrängelt – bis ich es endlich aufgehängt habe …«, sagte Nellys Vater und blinzelte hinauf zum Plakat. »Und später geht's zum Bürgermeister …« Er atmete tief durch. »Kann ich Ihnen einen Kaffee anbieten?«

»Nein danke, ich … ich muss mich nun auch an die Arbeit machen, wie's aussieht. Ich habe versprochen, Flyer für die Aktion zu machen.«

Hanna, Luka und Nelly versammelten sich um ihre Väter. »Ja, schreib diesen Spruch bitte drauf«, sagte Luka und zeigte nach oben – und gerade da fuhr eine Frau mit Kopftuch und einem gefleckten Hund auf dem Rücksitz, dessen Ohren im Wind flatterten, in einem schicken Cabriolet am Leuchtturm vorbei. Sie hupte und streckte ihren Daumen hoch in die Luft.

Hanna, Luka und Nelly klatschten sich vor Begeisterung gegenseitig in die Hände. »Wir haben zu tun!«, riefen sie aufgeregt und wollten loslegen.

»Eiiinen Moment!«, rief Nellys Vater. »Ich habe gehört, dass Matthes Petersen gleich im Anschluss an unser Treffen noch einen Termin im Hafen hat – ihr solltet also pünktlich um 14 Uhr vorm Rathaus sein, damit ihr ihn nicht verpasst.«

»Du bist der Beste!«, sagte Nelly, drückte ihrem Vater einen Kuss auf die Wange, um dann johlend mit Hanna und Luka im Leuchtturm zu verschwinden.

»Wir sehen uns dann wohl beim Strandaufräumen«, sagte Jens. Nellys Vater nickte zustimmend, schwang sich aufs Rad und fuhr zu seiner Buchhandlung.

Oben im Leuchtturm wurden weitere Pläne geschmiedet und gemunkelt, wann und wie die nächtliche Seefahrt wohl ablaufen würde. Nelly tippte irgendwas in ihr Handy. Dann legte sie es zur Seite, um eine Checkliste zu erstellen. Mit einem dicken Filzstift schrieb sie alles auf einen Zettel und machte einen Haken hinter die Dinge, die sie geklärt hatten.

Warme Klamotten ✓
Wasserfeste Klamotten ✓
Handys ✓
Fotoapparat ✓
~~Rettungsweste~~

Nelly blickte kurz auf, dachte nach und strich den letzten Punkt wieder durch. »Das ganze Sicherheitszeug bekommen wir ja an Bord.«

»Das ganze Sicherheitszeug?«, wiederholte Hanna. Sie

wusste nicht, warum sie das tat. Wollte sie sich vergewissern, dass alles sicher ablaufen würde, wollte sie Zeit schinden, wollte sie professionell sein … oder war sie einfach aufgeregt – vor Freude und Erwartung und ein bisschen Angst?

»Na ja, Rettungsweste, Rettungsring und so«, erklärte Nelly. Im selben Moment vibrierte ihr Handy. Stumm überflog sie die Nachricht und sah dann zu ihren Freunden auf: »Wir starten um 2 Uhr heute Nacht.«

Die drei machten sich auf den Weg zum Rathaus. Es war besonders heiß an diesem Nachmittag.

»Hätten wir uns keinen kühleren Tag aussuchen können, um hier so bepackt durchs Dorf zu ziehen?«, stöhnte Luka. Er stellte die Tasche ab, in die Nelly die Unterlagen von der Seehundstation gesteckt hatte. Sie war wirklich sehr gründlich bei allem, was sie tat. Auch Hanna und Nelly brauchten eine Pause. Sie setzten sich auf eine Bank unter den Birkenbäumen in den Schatten. Beide hatten ein zusammengerolltes Plakat unter dem Arm.

»Lasst uns hierbleiben«, schlug Nelly vor. »Von hier aus haben wir einen guten Blick auf das Rathaus.«

»Stimmt«, meinte Hanna. »Und sobald euer Bürgermeister durch die Tür kommt, stürzen wir uns auf ihn, ja?«

»Na ja, vielleicht nicht stürzen – wir brauchen ihn ja noch …«, sagte Luka grinsend.

Die goldenen Zeiger auf der großen Uhr am Rathaus zeigten Punkt zwei Uhr. Hanna, Luka und Nelly ließen die Tür nicht aus den Augen. Aber nichts tat sich. Der Wetterhahn vom Kirchturm quietschte im leichten Wind, der inzwischen aufgekommen war und ihnen die heiße Luft ins Gesicht blies. Nervös wippte Luka mit den Beinen. Nelly wickelte sich ihre Haare um den Finger. Hanna

traute sich kaum zu atmen – sie kam sich vor wie in einem Film. Ein Abenteuerfilm, bei dem man nicht wusste, wie er ausgehen würde.

Die Tür! Die große dunkle Holztür des Rathauses ging auf, und heraus kam … Nellys Vater. Gefolgt von Matthes Petersen.

Die drei sprangen von der Bank und gingen mit schnellen, festen Schritten und sehr entschlossen auf ihn zu.

»Herr Bürgermeister, guten Tag!«, sagte Nelly und blieb direkt vor ihm stehen. Aber der schien sie nicht wahrzunehmen, sah sich nur nach seinem Kollegen um und rief ihm zu, sich zu beeilen.

»Guten Tag!«, sagte Nelly wieder.

»Herr Bürgermeister«, sagten Hanna und Luka nur und nickten mit dem Kopf zur Begrüßung.

»Ja, ähem, guten Tag«, sagte Matthes Petersen verwirrt. Sein Kollege war inzwischen aufgetaucht und wollte die Kinder gerade ein wenig zur Seite schieben, da erkannte er Nelly – sie war die Tochter des Buchhändlers am Marktplatz.

»Ach, guten Tag, Nelly«, sagte er, worauf auch der Bürgermeister sie überschwänglich begrüßte.

»Ach, die kleine Nelly. Wie geht es dir? Einen schönen Tag wünsche ich«, sagte er und wollte mit einem schnellen Kopfnicken an den Kindern vorbei.

»Wir wollen zu Ihnen, Herr Petersen«, sagte Nelly und rollte ihr Plakat aus.

»Das Meer ist keine Müllkippe«, las der Kollege vor, und dem Bürgermeister verrutschte sein Lächeln.

»Wisst ihr«, sagte er hektisch, »ich habe leider überhaupt keine Zeit.«

»Termine. Termine. Termine«, eilte ihm der Kollege zu Hilfe.

»Sie haben keine Zeit für die Umwelt? Sie haben keine Zeit für unsere schöne Nordsee?«, sagte Luka und zog die Unterlagen der Seehundstation aus der Tasche. »Das ist aber sehr schade. Ihr geht's nämlich nicht so gut, unserer Nordsee. Und ihren Bewohnern erst recht nicht. Wir haben hier ein paar Informationen für Sie.« Luka hielt ihm die Broschüren hin.

Der Bürgermeister griff nach ihnen, ohne einen Blick drauf zu werfen.

»Sehr interessant. Ich werde mich später damit beschäftigen.« Er wollte weiter, das sah Hanna an seinem Gesicht. Also spannte auch sie ihr Plakat auf. PLASTIK IST KEIN FISCHFUTTER. RETTET DIE MEERE!

»Später ist zu spät, Herr Petersen. Das Meer und seine Bewohner ersticken im Müll! Und wir wollen das Meer und den Strand davon befreien!«

»Ihr wollt das Meer und den Strand vom Müll befreien?« Der Bürgermeister schien nicht zu wissen, wie er das zu verstehen hatte. »Wie … wie soll das …«, stotterte er. Dann sah er die drei zum ersten Mal richtig an: »Was habt ihr denn vor?«

»Wir wollen den Strand aufräumen«, erklärte Nelly. »Da werden zum Beispiel viele Getränkedosen, Bonbonpapiere und Zigarettenstummel liegen gelassen. Vom Meer werden sogar Autoreifen angespült oder Gummistiefel, und …« Sie machte eine kleine Pause: »Und alte Fischernetze.«

»Das ist sehr löblich, Nelly. Ich wünsche euch viel Glück dabei. Wenn ihr mich jetzt entschuldigt …«, murmelte der Bürgermeister.

»Ja. Das ist eine gute Sache. Und deshalb wäre es super, wenn Sie dabei wären, Herr Petersen!«, sagte Luka.

»Hört zu, Herr Petersen hat derzeit sehr viele Verpflichtungen, und der nächste Termin wartet. Er kann doch nicht …«, der Kollege räusperte sich verlegen und rollte mit den Augen, »den Strand aufräumen.«

»Aber welcher Termin kann denn wichtiger sein, als sich um unsere Meere zu kümmern? Wollen Sie denn nicht Teil der guten Sache in Ihrer Stadt, in Ihrem Land sein?«, fragte Hanna. Ihre Stimme war klar und deutlich, und sie war sich der Wirkung ihrer Worte sehr bewusst.

Der Bürgermeister reagierte endlich: »Wann soll das

Ganze denn stattfinden? Ihr habt ja gehört, dass ich sehr beschäftigt bin …«

»So schnell wie möglich. Jeder Tag zählt!«, sagte Nelly.

»Morgen. Morgen ist Samstag und der einzige Tag, an dem ich noch einen kurzen Termin dazwischenschieben könnte. Am späteren Nachmittag, um 17 Uhr«, sagte Matthes Petersen, als er in seinem Handy seinen Kalender überprüft hatte »Also: Wo soll ich erscheinen?«

Hanna, Luka und Nelly sahen sich fragend und aufgeregt an – bisher stand ja noch gar nichts fest. Aber jetzt mussten sie schnell entscheiden und die Gelegenheit nutzen. »Okay, um 17 Uhr am Bootsverleih«, sagte Nelly.

»Ist notiert«, sagte der Bürgermeister. Und zu Nellys Vater sagte er: »Eine gute Sache muss man immer unterstützen, nicht wahr? Die Nordsee liegt mir natürlich sehr am Herzen.«

Dann eilte er mitsamt seinem Kollegen davon.

»Die Nordsee liegt mir natürlich sehr am Herzen«, äffte Nelly den Bürgermeister nach und verzog ihr Gesicht. Die drei lachten und freuten sich, dass ihr Plan aufgegangen war.

»Herzlichen Glückwunsch«, sagte Nellys Vater. »Das habt ihr wirklich gut hingekriegt. Matthes Petersen für eine Sache zu engagieren, das schafft nicht jeder!«

»Mann, der ist aber wirklich ein stures Deichschaf«,

sagte Luka und atmete lang und laut aus. Dann fielen sich die drei in die Arme. Ein weiterer Schritt war getan.

»Wir sehen uns heute Abend«, sagte Nellys Vater, winkte und ging über den Marktplatz zu seiner Buchhandlung.

»Er hat tatsächlich zugesagt. Der Bürgermeister kommt zum Strandaufräumen. Und zwar gleich morgen Nachmittag! Wisst ihr, was das bedeutet?«, fragte Nelly und sah ihre Freunde mit blitzenden Augen an.

»Dass wir früh aufstehen müssen«, meinte Luka.

»Dass ich meinem Vater jetzt ganz schnell die Daten für die Flyer durchgeben muss und dass wir die Flyer noch heute verteilen müssen, sobald sie aus dem Drucker kommen, und dass …«

»Ja. Das auch. Aber vor allem bedeutet das: Wo der Bürgermeister aufkreuzt, sind auch Leute von der Zeitung. Und wenn was in der Zeitung steht, dann ist es wichtig. Richtig?«, meinte Nelly.

»Richtig wichtig!«, stimmte Hanna zu, obwohl sie noch nicht ganz durchblickte, was Nelly nun schon wieder vorhatte.

»Stellt euch mal vor … wenn wir heute Nacht Fotos von dem schrecklichen Treiben der Hochseefischer bekommen, dann könnten wir sie morgen …«

»… beim Strandaufräumen präsentieren – vor den Zeitungsleuten!«, fuhr Luka fort.

»Das ist genial! Dann müssen diese Umweltverschmutzer und Tierquäler endlich bestraft werden!«, sagte Hanna und rief daraufhin ihren Vater an.

»Hallo, Papa, er ist dabei. Der Bürgermeister kommt morgen Nachmittag um fünf zum Bootsverleih – das kannst du also jetzt auf den Flyer schreiben. Allerdings muss das Aufräumen schon davor stattfinden – um 15 Uhr. Wir wollen ihm ja den ganzen Müll präsentieren …« Luka und Nelly rissen die Augen auf! Schon wieder früh aufstehen, es gab immer noch so viel zu organisieren. Aber nur so konnten sie den Bürgermeister beeindrucken.

»Das ist ein sehr, sehr wichtiger Tag!« Hanna gestikulierte wild mit den Armen, nickte und sagte: »Danke. Bis später.«

Claas hatte Feierabend und kam gerade nach Hause, als auch Hanna, Luka und Nelly am Leuchtturm ankamen. Sie stiegen zusammen nach oben und hockten sich im Kreis zusammen.

»Bevor wir alles andere besprechen: Paul geht es immer besser. Seine Wunden sind verheilt, und er hat ein paar Hundert Gramm zugenommen«, sagte Claas.

»Wie schön!«, freuten sich die drei.

»Ich vermisse ihn«, seufzte Hanna, und Claas meinte: »Du wirst ihn bald wiedersehen. Aber jetzt erzählt mir, was es Neues gibt.«

»Morgen Nachmittag um fünf wird der Bürgermeister am Bootsverleih sein und mit uns den Strand aufräumen!«, erklärte Luka, und seine Augen strahlten vor Glück – und auch ein bisschen vor Stolz. Immerhin hatten sie das sture Schaf für ihren Plan gewonnen.

»Morgen schon! Das nenne ich perfektes Timing!«, freute sich Claas. Aber dann verfinsterte sich seine Miene ein wenig. »Dann können wir nur hoffen, dass wir heute Nacht erfolgreich sein werden …«

Die vier saßen noch immer eng beieinander. Sie drückten sich die Hände und versprachen sich gegenseitig, ihr Bestes zu geben. Und Hanna, Luka und Nelly versicherten Claas noch einmal, dass sie sich an alle Vorschriften und Kommandos an Bord halten würden.

»Wir sind gleich mit meinem Vater am Hafen verabredet«, sagte Hanna. »Wir müssen die Flyer für morgen verteilen und noch Plakate aufhängen.«

»Ich bin dabei!«, sagte Claas und schnappte sich ein paar Transparente, mit denen er zurück zur Seehundstation fahren und die er dort aufhängen wollte. Dorthin kamen täglich so viele Besucher, die sich bestimmt für ein sauberes Meer einsetzen würden!

Beladen und behangen wie Weihnachtsbäume stiegen sie langsam die Treppen runter.

»Ist es so weit? Kann ich euch helfen?«, rief Nellys Mutter aus ihrem Atelier.

»Ja! Morgen geht's los!«, sagte Nelly jubelnd.

»Dann haben wir keine Zeit zu verlieren«, meinte ihre Mutter, ließ alles stehen und liegen und kam mit zum Hafen.

Jens und Sofie waren bereits dort. Und sie waren schon eifrig bei der Sache. Jeder, der an ihnen vorbeispazierte, bekam einen Flyer in die Hand gedrückt.

»Hallo!«, rief Hanna glücklich und rannte ihren Eltern in die Arme. »Die sehen toll aus!«, sagte sie, als sie die Flyer begutachtete. Das fanden Luka und Nelly auch, und alle zusammen schwirrten sie durch den Hafen, durch die kleinen Gassen, in die Cafés und Restaurants – überall, wo Menschen waren, waren auch sie mit ihren Zetteln und Plakaten zur Stelle.

Die meisten hatten gar keine Ahnung, wie schlimm es um die Nordsee stand – und nicht nur um die, sondern um alle Meere. Die Leute wussten offenbar nur sehr wenig von der Vermüllung der Meere. Und dass sie selbst ein Teil dieses Problems waren, weil sie ihre Coladose einfach liegen ließen oder das Plastikbesteck beim Picknick oder die Folie vom Schokoriegel einfach nicht in den Mülleimer warfen. Der Wind tat dann noch das Übrige und blies den ganzen Dreck früher oder später in die Flüsse – und die trugen das Ganze schließlich ins Meer. Dieser Kreislauf war vielen einfach nicht klar.

Hanna, Luka und Nelly erzählten überall davon, dass viel zu viel aus dem Meer herausgeholt wurde, nämlich viel zu viele Fische, und dass gleichzeitig viel zu viel hineingeworfen wurde, was da überhaupt nicht hineingehörte.

Manche reagierten bestürzt und geschockt, als sie erfuhren, was da auf und in den Ozeanen vor sich ging, darüber, dass die Meere buchstäblich baden gingen. Andere waren traurig. Und wieder andere wurden so wütend, dass sie am liebsten sofort etwas unternommen hätten!

»Die gute Nachricht ist: Jeder kann auch was tun!«, sagte Hanna. »Kommt alle morgen zum großen Strandaufräumen!«

Der Bäcker ließ sie ein Plakat an seine Eingangstür kleben, und die Apothekerin war froh, dass sie endlich wusste, wie sie sich engagieren konnte, und legte einen Stapel der Flyer an der Kasse aus. Und obwohl es dort Fischgerichte gab, durften sie auch beim größten Restaurant am Platz für ihre Aktion werben. Hanna und Luka hielten das Transparent an beiden Enden und merkten, wie der Wind daran zerrte. Trotzdem schafften sie es, es so zu befestigen, dass es gut zu lesen war:

MEHR RESPEKT FÜR DIE MEERE!

Das letzte Plakat hängten sie ins Schaufenster der Buchhandlung von Nellys Vater. DAS MEER IST KEINE MÜLLTONNE!

»Das war's«, sagte Nelly und ließ sich auf die Stufen des Ladens fallen.

»Für heute«, sagte ihr Vater und blickte stolz auf sein Schaufenster.

»Na ja, nicht ganz …«, sagte Hanna.

Luka und Nelly schauten sie verwirrt und beunruhigt an. Hanna würde doch jetzt nicht vor ihren Eltern ausplaudern, was sie heute Nacht noch vorhatten?

Sofie nahm ihre Tochter in den Arm: »Ihr seid sehr fleißig! Ihr müsst euch doch mal ausruhen …«

»Ja. Nur ein wenig Vorbereitung für morgen noch. Für das Treffen mit dem Bürgermeister.«

Luka und Nelly atmeten auf, Hanna hatte nichts verraten. Sie verabschiedeten sich von Hannas Eltern und gingen Pommes essen. Erleichtert, dass alles so gut gelaufen war, aber auch mit Kribbeln im Bauch wegen dem, was noch kommen sollte, saßen sie auf der Kaimauer. Hanna zog ihre Fritten durch die Mayo und schaute hinaus aufs Meer. Ein paar dicke Wolken wälzten sich übers Wasser, und für einen Moment verdunkelten sie die Sonne.

Kapitel 12

Hanna, Luka und Nelly richteten sich ihr Lager für die Nacht im Leuchtturm ein – obwohl sie in wenigen Stunden wieder aufstehen würden. Aber sie mussten sich so normal wie möglich verhalten, damit Nellys Eltern nichts von ihrer bevorstehenden Unternehmung mitbekamen. Als sich die drei in ihre Decken gewickelt hatten, schaute Claas noch einmal nach ihnen.

»Na, ihr Aktivisten«, grinste er.

»Aktivisten?«, gähnte Luka.

»So nennt man so zielstrebige Leute wie euch, die sich einsetzen für … na ja, für Umweltschutz zum Beispiel.«

»Hört sich gut an!«, fand Hanna.

»Wie geht es euch? Seid ihr bereit?«

»Und ob!«, sagte Nelly, und Hanna und Luka stimmten ihr zu: »A b - s o - l u t bereit.«

»Okay, ich werde euch wecken. Schlaft gut«, sagte er und verzog sich in sein Zimmer im Haus nebenan.

Luka war sofort eingenickt, und auch Nelly fielen schnell die Augen zu. Doch Hanna lag noch wach. Sie dachte an Paul und wie sie ihn am Strand gefunden hatten – so allein und hilflos. Gefangen in einem Geisternetz. Es trieb ihr gleich wieder die Tränen in die Augen. Aber von nun an würde Hanna nie mehr tatenlos zusehen, wenn Unrecht geschah. Da war sie sich ganz sicher. Schließlich war sie jetzt eine Aktivistin. Eine Umwelt- und eine Tierschützerin. »Ein Meer für Paul«, murmelte sie vor sich hin, dann schlief auch sie endlich ein.

Ein Lichtstrahl fiel in ihr Gesicht. Und dann hörte sie jemanden flüstern. »Hanna. Es geht los, Hanna.« Es dauerte ein paar Sekunden, bis sie begriff, wo sie war. Aber dann war Hanna sofort hellwach.

Claas stand noch auf den Stufen, nur sein Oberkörper war zu sehen. »Gebt mir euer Gepäck, dann gehe ich schon mal runter. Ich warte im Garten auf euch. Seid leise«, sagte er, und seine Stimme klang wie aus einem uralten Schwarz-Weiß-Krimi, dachte Hanna. Wortlos reichten sie Claas einen Rucksack und eine Tasche. Genauso wortlos zogen sie sich an. Wie um zu überprüfen, ob es wirklich noch Nacht war, sah Hanna durch die Glasscheiben in den Himmel. Es war noch immer stockdunkel, und sie konnte keine Sterne am Himmel sehen. Obwohl sie doch so weit oben war; hier an der Spitze des Leuchtturms …

Mit angehaltenem Atem stiegen sie nacheinander die Treppen hinunter. Hannas Herz klopfte. So etwas Verrücktes … nein, so etwas *Wichtiges* hatte sie noch nie in ihrem Leben getan: sich mitten in der Nacht aus dem Haus stehlen. Die drei schlichen durchs Treppenhaus hinaus in den Garten – Claas hatte für sie die Tür offen stehen lassen. Sie machten nicht das kleinste Geräusch. Entlang der Hecken und Zäune liefen sie im Schutze der Dunkelheit die kleine Straße zum Hafen entlang. Ein leichter Wind wehte. Es war kühl. Viel kühler als in den Nächten auf dem Heuboden, fand Hanna.

Sie erreichten das Hafenbecken, die Masten hüpften auf den Wellen auf und ab, und endlich sagte Claas. »Da liegt unser Boot. Ole ist heute mit dabei. Jan ist zu Hause geblieben, damit ihr genügend Platz an Bord habt.« Er zeigte auf ein weißes Motorboot, das selbst in der dunklen Nacht leuchtete.

Luka war begeistert: »Mit genau so einem Boot wollte ich immer mal fahren.«

»Dann ist heute dein Glückstag«, meinte Nelly.

»Wollen wir's hoffen …«, sagte Claas, der an Bord gesprungen war und den dreien seine Hand hinhielt, um auf das leicht schaukelnde Boot zu steigen. Sein Freund kam zu Hilfe: »Hallo«, flüsterte er und nahm Hanna, Luka und Nelly in Empfang. »Ich bin Ole – und das sind eure Rettungswesten«, sagte er und verteilte die orangefarbenen Jacken an die drei und half ihnen beim Anziehen; das war nämlich etwas umständlich, wie sie schnell merkten.

»Die geht mir bis unter die Nase,« nörgelte Nelly. »Ich kann mich gar nicht bewegen.«

»Ehe du das Ding nicht richtig anhast, werden wir den Hafen nicht verlassen, Nelly«, sagte Claas energisch. »Ihr hört auf unser Kommando. Das war die Abmachung. Schon vergessen?«

»Nein. Natürlich nicht«, antwortete Nelly kleinlaut.

Claas und Ole überprüften noch einmal alles – an den Kindern und am Boot. Dann ließ Ole den Motor an. Luka zuckte zusammen.

»Ist das nicht zu laut? Es ist doch mitten in der Nacht. Man wird uns hören …«, sagte er besorgt und sah sich um, ob sich etwas tat im Hafen.

»Keine Angst. Es ist doch nichts Ungewöhnliches, dass nachts ein Boot startet. Die Fischer ziehen immer recht früh los. Deshalb sind wir ja auch hier, stimmt's?«, meinte Ole und steuerte das Boot aus dem Hafenbecken.

Es war diesig, das Festland entfernte sich schnell von ihnen, und schon nach wenigen Minuten waren sie auf offener See. Der Wind wehte aus allen Richtungen, das Boot schoss durch die dunklen Wellen, und Gischt sprühte in Hannas Gesicht. Das Salzwasser brannte in ihren Augen. Sie griff nach Lukas Hand.

Nelly hatte sich an ihren Bruder gedrückt und stand mit ihm neben Ole, dem Steuermann. »Alles in Ordnung bei euch?«, rief Claas, und Hanna und Luka nickten. Und das war es auch. Sie wollten die Tiere und die Umwelt schützen, da würden sie sich nicht beschweren über Wind und Wellen. Das gehörte dazu, zu ihrem Kampf für saubere Meere!

Immer weiter raus ging es in die dunkle Nacht, auf die offene See. Kein Horizont war in Sicht, Hanna konnte nicht erkennen, wo das Meer aufhörte und der Himmel begann. Vor ihren Augen mischte sich die graue Wolkendecke mit dem grauen Grün des Meeres. Obendrauf blitzte der weiße Schaum der Wellen. Regen peitschte ihnen aus allen Richtungen entgegen. Es war, als stürzte der Himmel auf sie herab.

Die Sicht war so schlecht, dass Claas die ganze Zeit das Fernglas vor den Augen hielt, um nach den großen Schiffen Ausschau zu halten. Bis jetzt hatte er sich nicht gerührt und nur hoch konzentriert aufs Meer gestarrt. Nelly saß noch immer dicht bei ihm. Sie sah sich zu Hanna und Luka um. Ihr Mund war zwar verzerrt, und sie schien sich anzustrengen, vorne die Stellung zu halten, aber sie drückte fest ihre Daumen. Das taten Hanna und Luka dann auch – viel mehr konnten sie im Moment sowieso nicht tun. Und bevor sie in Zweifel oder Panik verfielen, drückten sie lieber die Daumen, dass alles …

»Steuerbord!«, rief Claas plötzlich. »Fischer in Sicht!«

Und sofort steuerte Ole das Boot nach rechts.

»Festhalten!«, schrie er nach hinten. Hanna und Luka klammerten sich an der Reling fest, damit sie nicht den Halt verloren bei der scharfen Kurve, die sie machten, um Kurs auf die Fischer zu nehmen. Nelly hakte sich bei ihrem Bruder unter.

Jetzt sahen auch Hanna, Luka und Nelly das große Schiff. Ole drosselte das Tempo, um alle Vorbereitungen zu treffen und sich unbemerkt zu nähern – es wurde ernst! Claas suchte nach seinem Fotoapparat. Hanna, Luka und Nelly holten ihre Handys hervor, die sie festhielten wie einen Schatz. Der Wind pfiff ihnen ins Gesicht und zerrte an ihren Westen, und die grauen Wassermassen um sie herum türmten sich auf, überschlugen sich und stürzten schäumend wieder zusammen. Dabei hing der Himmel so tief, dass sie das Schiff immer wieder aus den Augen verloren und es nur für kurze Momente vor ihnen wiederauftauchte.

»Näher ran!«, schrie Claas. »Du musst näher ranfahren, Ole!«

»Nein!«, schrie Hanna. Sie hatte Angst. Sie hatte Angst, dass ihr Boot von den Wellen umgerissen wurde, und klammerte sich an der Reling fest. Besorgt sah Luka sie an und hätte gern etwas Tröstendes gesagt. Aber ihm fiel nichts ein – außer ihren Arm unterzuhaken und ihre Hand zu drücken.

»Alles okay bei euch?«, rief Claas.

»Ja!«, rief Hanna zurück, denn sie wusste, dass sie jetzt nicht umkehren konnten. Und sie wollte ja auch gar nicht umkehren. Sie waren so nah dran an den Fischern. So nah an ihrem Ziel.

»Denk an Paul!«, rief Nelly.

Der Wind hatte sie schneller und näher an das große Schiff gebracht, als sie geplant hatten. Sie waren so nah dran, dass sie jetzt genau sehen konnten, wie die Fischer ihre Netze einholten. Sie waren mehr als prall gefüllt!

»Da ziehen sie schon das nächste hoch!«, brüllte Nelly und hielt ihr Handy auf das Schiff gerichtet. Ihr kleines Motorboot schwankte so sehr, dass sie Mühe hatte, ein Bild von dem Fang zu machen – und dann ging das Handy über Bord. Es war Nelly aus den nassen Händen gerutscht. »Mist!« Blitzschnell reagierte Luka, und es gelang ihm, ein paar Fotos zu machen, auf denen die überfüllten Netze zu sehen waren.

Auch Claas hielt sein Objektiv auf die Netze gerichtet. Inzwischen waren sie so nah, dass sie die Fische im Netz zappeln sahen. Und plötzlich – zack – schnitten die Crewmitglieder ihre Netze ab!

»Sie schneiden die Netze ab!«, schrie Hanna gegen den Wind nach vorne. Claas drückte unablässig auf den Auslöser seiner Kamera. Er hielt genau fest, wie die Netze durchtrennt wurden und ins Meer sanken.

Hanna wusste nicht, ob sie sich freuen sollte, weil das ja bedeutete, dass weitere Geisternetze ihr Unwesen auf dem Meeresboden treiben würden. Es bedeutete aber auch, dass sie die Fotos hatten, die sie dringend brauchten. Jetzt konnte niemand mehr diese schlimmen Taten leugnen.

»Wir haben die Beweise!«, jubelte Claas.

»Wir haben die Beweise!«, schrien sie alle durcheinander.

Ole steuerte das Boot durch die Wellen – weg von den Fischern. Doch dann stotterte der Motor plötzlich. Er heulte noch einmal auf.

Dann fiel er aus.

Das Meer um sie herum tobte. Und sie hatten keinen funktionierenden Motor mehr.

»Der Außenborder hat schlappgemacht«, rief Ole Claas zu, und der kletterte sofort nach hinten, um den Motor zu checken.

»Pass auf!«, schrie Nelly ihrem Bruder hinterher. Sie sah ängstlich aus. Zum ersten Mal, seit Hanna und Luka sie am Strand kennengelernt hatten, sah Hanna Angst in ihren Augen.

Die Nordsee hatte sich vom sommerlichen Badespaß in eine wütende Furie verwandelt, dachte Hanna. Es kam ihr vor, als würde sie sich wehren gegen all die Verschmutzung. Und als wolle sie ihre Bewohner beschützen und die Menschen, die sie bedrohten, erst verschlingen und dann wieder ausspeien. Ihr fiel das Bild in ihrem Zimmer auf dem Bauernhof ein. Der Bauernhof. Wie gerne wäre sie jetzt dort. Hätten sie sich doch nur nicht in diese Gefahr begeben …

»Verdammt!«, schrie Claas, und als Hanna, Luka und Nelly sich zu ihm umdrehten, sahen sie Blut an seinem Arm runterlaufen.

»Oh nein!«, schrie Nelly und wollte zu ihm. Ole hielt sie aber zurück.

»Bleib, wo du bist, Nelly! Es ist nicht so schlimm. Ein kleiner Schnitt … Die Leitung für die Benzinzufuhr war abgerissen. Versuch noch mal, ihn zu starten!«, rief Claas nach vorn zu Ole.

Der Motor knatterte und vibrierte – und setzte sich und das Boot endlich wieder in Bewegung!

»Gott sei Dank«, seufzte Luka. Noch immer hatte er Hanna untergehakt. Er nahm sie fest in die Arme. »Jetzt wird alles gut«, sagte er in ihr Ohr.

Niemand von ihnen wusste später mehr genau, wie sie es durch den Wellengang zurückgeschafft hatten, aber es dämmerte inzwischen, und vor sich sahen sie die Küstenlinie.

»Wir haben es geschafft, Hanna«, sagte Luka, und Hanna konnte nicht erkennen, ob es Regen, die Gischt oder Tränen waren, die über sein Gesicht liefen.

»Land in Sicht!«, rief Nelly und lachte erleichtert.

Ole steuerte den Hafen an und manövrierte das Boot in das sichere Hafenbecken – wo sie schon erwartet wurden …

Weil es so dunstig war, waren sie zuerst nur schemenhaft und verschwommen zu erkennen. Aber je näher sie kamen, desto klarer wurden ihre Gestalten. Sofie und Jens, Julia und Hajo und Nellys Eltern standen an der Hafenmauer.

Erschöpft erreichten Hanna, Luka und Nelly das Festland. Ihre Gesichter waren rot vor Kälte und vom Wind, ihre Haare waren zerzaust, die Jacken und Hosen nass, die Hände durchsichtig und schrumpelig und die Augen rot vom Salzwasser – und doch strahlten sie. Sie waren zu glücklich, ihre Mission erfüllt zu haben, um sich Sorgen darüber zu machen, was ihre Eltern gleich sagen würden. Sie hatten bekommen, was sie brauchten. Und sie waren unendlich erleichtert, dass alles gut gegangen war. Sie wussten sehr genau, dass sie sich einer großen Gefahr ausgesetzt hatten, und sie wussten ebenso, dass ihre Eltern das auch wussten …

Hanna kletterte als Erste aus dem Boot. Ihr Vater hielt

ihr seine Hand hin. Und ihre Mutter breitete die Arme aus. »Hanna!«, sagte Sofie, und ihre Stimme klang nach Tränen. Sie schloss Hanna fest in ihre Arme. Und Hanna wollte sie nicht mehr loslassen: »Ich war noch nie so froh, euch zu sehen«, flüsterte sie und meinte es genau so. Sie hatte Angst gehabt da draußen, und noch immer zitterten ihre Knie. Und trotzdem war sie stolz auf sich und die anderen. »Wir haben es geschafft«, sagte Hanna immer wieder.

Luka sprang als Nächster von Bord. Julia und Hajo fingen ihn auf. »Mensch, Junge, was macht ihr denn für Sachen?«, sagte Hajo. »Die Nordsee ist doch kein Schwimmbecken, in das man nachts einfach mal so reinspringt ...« Julia rubbelte seinen Kopf mit einem Handtuch ab.

Nelly verließ das Schiff zusammen mit Claas und Ole. »Meine Kinder! Völlig verrückt«, sagte Nellys Vater leise, drückte dann aber beide fest an sich.

»Was habt ihr euch dabei gedacht. Claas? Ole? Ihr könnt doch nicht mit den Kindern mitten in der Nacht rausfahren! Was da hätte passieren können! Ihr seid doch ...«, begann Nellys Mutter in strengem Ton.

»Sie können nichts dafür!«, rief Nelly dazwischen.

»Das stimmt«, sagte Luka. »Es war *unsere* Idee!«

»Eure Idee? Mitten in der Nacht aufs Meer hinauszufahren? Warum?«, fragte Julia verwirrt. Sie rubbelte noch immer hektisch an ihrem nassen Sohn herum.

»Weil wir die Fischer auf frischer Tat ertappen wollten. Und das haben wir geschafft!«, sagte Hanna.

»Wobei denn ertappen? Beim Fischen?«, spottete Nellys Vater.

»Beim Viel-zu-viel-Fischen! Und beim Abschneiden der Netze!«, sagte Luka.

»Die Geisternetze …«, fiel es Sofie ein.

»Genau. Geisternetze. Wir bekommen auf der Seehundstation immer wieder Tiere, die durch sie Verletzungen erlitten und ihre Muttertiere verloren haben. Wir brauchten Beweise – jetzt haben wir sie«, erklärte Claas.

»Junge, du blutest ja …«, rief seine Mutter aufgeregt.

»Das ist nur ein kleiner Schnitt, kein großes Ding!«

»Bei allem Verständnis und Respekt für euer Engagement – aber es ist schon ein großes Ding, dass ihr einfach nachts abhaut – ohne uns zu fragen! Euch hätte sonst was passieren können!«, sagte Jens ernst.

Das wussten Hanna, Luka und Nelly. Sie wussten genau, dass es nicht in Ordnung gewesen war. Deshalb waren sie ja auch so hin- und hergerissen zwischen ihren Gefühlen. Zwischen Schuld und Verantwortung, Angst und Mut, und jetzt eben auch zwischen Einsicht und Erleichterung und Freude.

»Wir wollten schon die Seenotrettung rufen«, sagte Nellys Mutter.

»Woher wusstet ihr überhaupt, dass wir auf dem Meer waren?«, fragte Nelly.

»Ich konnte nicht schlafen und habe vom Fenster aus die offene Tür zum Leuchtturm gesehen. Als ich nach euch sehen wollte, wart ihr weg. Und dann habe ich diesen Zettel hier gefunden«, sagte ihre Mutter und hielt ihnen die Checkliste hin, die Nelly gestern gemacht und dann liegen gelassen hatte.

»Na ja, und dann habe ich an eure Strandaufräum-Aktion gedacht. Und dann haben wir kombiniert …«

»Gut, dass ihr da seid«, seufzte Nelly und umarmte ihre Eltern.

Die Wolken der Nacht verzogen sich, die Sonne stieg immer höher, und es wurde hell.

»Heute Nachmittag beginnt die Aufräum-Aktion. Und wenn der Bürgermeister da ist, werden wir unsere Fotos präsentieren …«, sagte Hanna und wurde von Nelly unterbrochen.

»Die Fotos! Die müssen wir ausdrucken – so groß wie möglich. Damit sie jeder sehen kann!«

»Aber ihr kommt jetzt erst mal mit nach Hause – Trocknen, Frühstücken und ein paar Stündchen Schlaf täten euch auch ganz gut«, sagte Sofie.

Hanna nickte.

»Wir sehen uns am Bootsverleih«, sagte Nelly und umarmte ihre Freunde ganz fest. Die drei wussten: Was sie heute Nacht geschafft hatten, würde sie für immer verbinden.

Aus dem Hafen hinter ihnen startete das Segelflugzeug.

»Und? Wer will heute wen heiraten?«, lachte Luka.

Aber als das Flugzeug am Himmel seine Kreise zog, konnten sie erkennen, was auf dem Flatterband stand: »Das Meer ist keine Mülltonne! Heute ab 15 Uhr großes Strandaufräumen!«

Hanna, Luka und Nelly standen mit offenen Mündern da. »Aber … Was? Wieso?«, stammelten sie ungläubig.

Hajo räusperte sich: »Ich kenne zufällig den Besitzer und Piloten … wir wollen euch schließlich unterstützen.«

Die drei fielen ihm um den Hals.

»Das ist viel besser als ein Heiratsantrag«, sagte Luka. Ausnahmsweise musste Hanna ihm da zustimmen.

Kapitel 13

Fiete schloss den Hofladen hinter sich zu, als sie alle zusammen am Bauernhof eintrafen. Er hatte Honig geliefert und sich gewundert, dass niemand auf dem Hof war. Von der nächtlichen Aufregung hatte er nichts mitbekommen. Er war richtig aufgekratzt. So hatte Hanna ihn noch nie gesehen.

»Moin!«, rief er und lief geradewegs auf sie zu: »Ihr seid ja bekannt wie bunte Hunde – jeder im Dorf spricht von eurer Strandaufräum-Aktion!«

Hanna und Luka strahlten. »Gut so!«

»Oha, wie seht ihr denn aus?«, wunderte er sich, als die beiden so zerzaust vor ihm standen.

»Die zwei Ausreißer waren heute Nacht im vollen Einsatz – auf der Nordsee«, sagte Hajo.

»Ohauehaueha!«, machte Fiete und verzog sein Gesicht. »Da will ich mal nicht weiter nachfragen«, sagte er, zwinkerte den beiden zu und schwang sich auf sein Rad.

»Wir sehen uns heute Nachmittag am Strand!«

»Bis später!«, riefen Hanna und Luka.

Hanna und Luka legten sich hin. Eigentlich wollten sie sich nur ganz kurz ausruhen. Aber sie waren müder, als sie bei all der Aufregung gemerkt hatten, und schliefen tief und fest und wachten erst am späten Vormittag wieder auf.

Hanna stellte sich unter die Dusche und blieb dort eine ganze Weile stehen. Das warme Wasser tat gut und taute ihre steifen Hände auf, die sich die halbe Nacht an der Reling und in Luka verkrallt hatten. Sie wusch sich das Salzwasser aus den verknoteten Haaren und mit ihm alle Anspannung.

Sie ging in ihr Zimmer, um sich anzuziehen. Da hing es noch immer – das Bild der wütenden und tosenden Nordsee. Hanna setzte sich aufs Bett und sah es an. Jetzt sah sie es mit anderen Augen. Sie sah das Meer als eine Mutter, die ihre Kinder beschützen wollte. Die wild und aufbrausend wurde, wenn sie und ihre Schützlinge bedroht wurden. Sie sah Leben. Sie sah Natur. Sie sah, dass sie ein Teil von ihr war. Dass alle Menschen und Tiere ein Teil von ihr waren und dass alles zusammengehörte.

Hanna zog ihr schönstes Kleid an. Sie war bereit. Der Tag mit seinen neuen Herausforderungen konnte kommen.

Unten in der Küche saß Luka beim Frühstück. »Du hast dich ja so schick gemacht …«, schmatzte er grinsend mit dem Müsli im Mund.

»Wir gehen schließlich gleich wieder die Welt retten«, schmunzelte Hanna und schmierte sich ein Brot mit Fietes Honig.

»Da hast du natürlich recht«, sagte Luka, sprang auf und holte einen dicken Filzstift aus der Schublade im Küchenschrank. Dann zog er sein T-Shirt aus und begann zu schreiben:

Die Welt retten – jeden Tag aufs Neue.

»Luka, du bist der Beste«, sagte Hanna. Sie drückte ihren Freund, und dann zog sie ihn an seinem frisch bemalten Shirt mit sich. »Dann mal los!«

Nachdem sie ihnen noch einige Male erzählt hatten, welche Sorgen sie sich gemacht hatten und dass es nie wieder vorkommen durfte, dass sie sich ohne Erlaubnis davonmachten, hatten sich ihre Eltern wieder beruhigt. Kaffee und frische Brötchen taten ihr Übriges. Auch sie waren jetzt startklar. Und sie staunten kein bisschen über den Spruch auf Lukas Shirt. Es war klar: Ihre Kinder meinten es ernst!

»Auf geht's!«, sagte Julia, klatschte in die Hände und holte die Räder aus dem Schuppen. Sie fuhren über den Deich hinunter zum Strand.

Gestern Nacht hatte Hanna nicht geglaubt, dass der Himmel jemals wieder so klar und blau sein würde, wie er es jetzt war. Über dem Strand segelte wieder der Flieger und kündigte ihre Aktion an – das konnten sie von hier aus sehen. Hannas und Lukas Aufregung stieg. Aber es war keine ängstliche oder nervöse Aufregung. Es war Vorfreude. So wie vor den großen Ferien. Oder wie am Geburtstag.

Je näher sie dem Strand kamen, desto mehr Menschen trafen sie. Einheimische Küstenbewohner und Touristen, Groß und Klein, Jung und Alt – sie alle waren auf dem Weg zum Bootsverleih und schienen sich am Strandaufräumen beteiligen zu wollen. Viele hatten Schaufeln, Harken und Eimer dabei, andere große Müllsäcke. Hanna und Luka staunten. Mit so viel Andrang hatten sie nicht gerechnet. Nelly offensichtlich auch nicht. »Wahnsinn!«, rief sie mit strahlenden Augen, als sie ihre Freunde entdeckte.

»Ihr habt eben ganze Arbeit geleistet. Die vielen Flyer habt ihr verteilt, die Plakate aufgehängt – das hat schon eine große Wirkung!«, sagte Sofie. Sie war stolz auf die Kinder.

Claas hatte bereits ein Mikrofon vor ihrem Plakat aufgebaut und deutete den dreien mit einem Kopfnicken an, dass sie zu ihm auf den Steg kommen sollten.

»Es ist so weit«, sagte Nelly und nahm Hanna und Luka an die Hand. Sie hatten vorher genau besprochen, wie alles ablaufen sollte. Trotzdem spürte Hanna an ihren feuchten Händen, wie aufgeregt sie war. Sie war die Erste, die ans Mikrofon ging:

»Hallo, wie schön, dass so viele gekommen sind, obwohl die Planungen ja recht – na ja – kurzfristig stattfinden mussten … Ich …«, sagte sie mit belegter Stimme.

Die Leute klatschten und ermunterten sie mit freundlichen Blicken.

»Ich bin Hanna«, fuhr sie fort. »Eigentlich wollte ich nur meinen besten Freund Luka hier an der Nordsee besuchen. Und einfach Urlaub machen …«, sagte sie und zeigte auf Luka, der über beide rote Wangen strahlte. »Aber es kam anders: Als wir unsere Schildkröte am Strand verloren hatten und mit den Händen im Sand gruben, um nach ihr zu suchen, haben wir jede Menge Müll gefunden! Zigarettenstummel, Getränkedosen, Kronkorken, Bonbonpapier – und leider noch vieles mehr.«

Nun war Nelly an der Reihe.

»Moin! Ich bin Nelly. Manche kennen mich vielleicht, ich bin hier an der Nordsee geboren. Und ich will, dass sie geschützt wird!«, legte sie gleich los. »Wissenschaftliche Studien belegen, dass weltweit jedes Jahr zwischen vier und sechs Millionen Tonnen Plastikmüll im Meer landen. Das sind 150 000 Lkw-Ladungen Müll!«, erklärte sie, und ein Raunen ging durch die Menschenmenge vor ihr.

»Vermutlich sind es noch mehr – manche sprechen von bis zu 14 Millionen Tonnen. Das ist nicht nur ekelig, das ist auch gefährlich. Für uns Menschen, aber auch für die Tiere. Stellt euch vor, dass dieser Müll bis zu 450 Jahre im Meer herumtreibt. So lange kann es nämlich dauern, bis sich zum Beispiel eine Plastiktüte zersetzt hat – und in dieser Zeit richtet der Kunststoff für Seevögel, Schildkröten und natürlich für Fische einen riesigen Schaden an. Unzählige Meeresbewohner sterben, weil sie Plastik mit ihrer natürlichen Nahrung verwechseln. Die Kleinteile, das Mikroplastik, verstopfen ihre Mägen. Sie verhungern oder ertrinken in ihrem eigenen Zuhause.«

Die Zuhörer riefen durcheinander und empörten sich. »Das darf nicht sein!« oder »Ein Skandal.«

Nelly trat vom Mikrofon zurück und übergab das Wort an Luka.

»Ich heiße Luka und wohne seit ein paar Monaten hier. Ich bin gerne hier an der Küste. Und ich wünsche mir, dass wir die Nordsee retten – und dass wir alle Meere retten!« Er biss sich auf die Lippen. Hanna sah, dass es ihm nicht leichtfiel, weiterzusprechen, und stellte sich neben ihn. »Vor ein paar Tagen haben wir einen Heuler am Strand gefunden. Er war in einem Fischernetz gefangen. Er konnte sich nicht bewegen, und die Plastikschnüre schnitten in seine Haut. Wir haben dann die Seehundstation angerufen. Sie haben ihn gerettet und pflegen unseren Paul bis heute.« Die Menge applaudierte.

»Aber wir brauchen nicht nur Leute, die helfen, die kranken Tiere zu pflegen. Wir alle müssen helfen, damit es erst gar nicht zu diesen gefährlichen Verschmutzungen im Meer kommt. Und dazu kann jeder beitragen!«

Hanna, Luka und Nelly stellten sich in eine Reihe und zählten nacheinander auf:

»Nutzt langlebige, wiederverwertbare Stofftaschen statt Plastiktüten und Trinkflaschen statt Einwegbecher«, begann Hanna.

»Benutzt überhaupt, wo es geht, plastikfreie Verpackungen. Kauft Obst und Gemüse zum Beispiel lose«, war Lukas Tipp.

Und Nelly riet den Leuten: »Trennt euren Müll – damit wird die Wiederverwertung gefördert. Und werft euren Müll nicht achtlos weg! Lasst ihn nirgends liegen – auch nicht hier am Strand.«

»Helft uns, den Strand aufzuräumen – jetzt und hier!«, riefen die drei dann in die Menge. Und die Menge jubelte und war bereit für die große Strandaufräum-Aktion!

»In eineinhalb Stunden treffen wir uns dann hier wieder. Wir erwarten hohen Besuch: Unser Bürgermeister Matthes Petersen wird um fünf Uhr persönlich vorbeischauen!«, sagte Nelly und zog vielversprechend ihre Augenbrauen hoch.

»Oh« und »Ah« tönte es aus der Menge.

»Wat? Der alte Sturkopp? Da bin ich ja mal gespannt …«, sagte Fiete, der sich zu Hannas Eltern gesellt hatte und nun gemeinsam mit ihnen und einem Spaten in der Hand an den Strand zog.

Hanna, Luka und Nelly teilten sich auf und gingen mit kleinen Grüppchen in verschiedene Richtungen an die Wasserkante und über den Strand.

Sie schwärmten aus und sammelten ein, was nicht in den Sand und nicht ins Meer gehörte, und steckten es in Kartoffelsäcke, Müllbeutel und Eimer. »Wir spazieren in der Sonne und tun gleichzeitig etwas Gutes«, hörte Hanna einen Vater sagen, der zusammen mit seiner Tochter eine Plastiktüte aus dem Wasser fischte.

»Ja, genau!«, freute sich Hanna. »Wir nehmen das Problem jetzt – im wahrsten Sinne des Wortes – in die Hand.«

Die Leute gingen sehr gründlich vor. Es schien, als hätten Hannas, Lukas und Nellys Worte sie wachgerüttelt.

»Endlich wird das Plastikmüll-Problem ernst genommen – wir haben wirklich einen sehr guten Anfang gemacht.«

»Das dicke Ende kommt ja noch«, sagte Claas grinsend und öffnete seinen Rucksack, in dem ein großer Umschlag steckte.

»Sind das etwa die Fotos?«, fragte Luka.
»Genau. Unser Beweismaterial«, flüsterte Claas.

Wie verabredet trafen die Müllsammler um halb fünf wieder am Bootsverleih ein. Es war unglaublich, wie viel Müll in so kurzer Zeit auf einem kleinen Stück Strand gefunden wurde.

Das überraschte selbst Hanna, Luka und Nelly. Sie kannten zwar die Zahlen – aber als sie die Berge vor sich stehen sahen, wurde ihnen noch einmal mehr bewusst, wie richtig und wichtig ihre heutige Aktion war.

»In fünfzehn Minuten kommt der Bürgermeister«, stellte Nelly beim Blick auf ihr Handy aufgeregt fest.

»Gut!«, sagte Luka kurz und knapp. »Wir sollten die ganzen Säcke und Beutel direkt vor seiner Nase stapeln!«

»Gute Idee«, fand Nelly, und sie trugen alles zum Bootssteg, auf dem sich der Bürgermeister gleich postieren würde. Ihre Eltern und die anderen Sammler halfen ihnen dabei.

»Meine Güte, stell dir mal vor, dass das alles auch noch im Meer gelandet wäre«, sagte Sofie beim Schleppen der Säcke. »Da, wo wir schwimmen – und da, wo Tiere leben. Schrecklich ist das!«

»Ja, schrecklich«, antwortete Jens und fügte dann noch hinzu: »Ich schäme mich …«

Seine Frau sah ihn fragend an.

»Ich schäme mich dafür, dass wir – die Älteren – nicht schon längst etwas unternommen haben gegen die Umweltverschmutzung. Es ist ja nicht so, dass man nicht schon länger wusste, wie es um unsere Wälder, um unsere Seen, die Meere und wie es um unser Klima steht …«

»Du hast recht«, stimmte Julia ihm zu.

»Umso stolzer können wir auf unsere Kinder sein«, meinte Nellys Mutter. »Auch wenn sie gestern Nacht …«

»Entschuldigen Sie bitte«, wurden sie unterbrochen. »Darf ich durch? Wir sind von der Presse …«, sagte eine Frau mit einer dicken Kamera um den Hals. Im Schlepptau hatte sie einen Mann mit einer noch dickeren Kamera auf seiner Schulter. »Lokalfernsehen«, murmelte der, als sie sich durch die Menge ganz nach vorne quetschten.

»Da kommt er!«, rief Hanna und zeigte auf den dunklen Wagen, der gerade vorgefahren war und aus dem ein Mann in einem eleganten Anzug stieg – Matthes Petersen.

»Unfassbar. Der kreuzt hier im Anzug auf …«, sagte Claas und lachte leise. Er stand hinter Hanna, Luka und Nelly, die den Bürgermeister jetzt höflich und mit viel Händeschütteln begrüßten.

»Schön, dass Sie gekommen sind«, sagte Nelly.

Matthes Petersen stellte sich gleich ans Mikrofon – er war Profi und es gewohnt, gleich zur Sache zu kommen. Allerdings schien ihm das gerade nicht ganz leichtzufallen. Er trat noch mal einen Schritt zurück.

»Ist das alles … Ich meine, ist das alles Müll? Hier vom Strand? Aus der … aus unserer … Nordsee?«, stammelte er und sah Hanna, Nelly und Luka fragend an. Er wirkte beinahe überfordert, dachte Hanna.

Dann gab er sich einen Ruck und begann seine Rede:

»Sehr geehrte Damen und Herren, liebe Küstenmenschen, liebe Touristen, Natur- und Nordseefreunde …«

Claas rollte ungeduldig mit den Augen.

»Ich danke Ihnen, dass Sie so zahlreich erschienen sind, um dieses wichtige Projekt dieser drei … ja, dieser Kinder zu unterstützen«, sagte Matthes Petersen und bemühte sich um ein freundliches Lächeln.

»Als die drei mich fragten, ob ich mich für die Strandaufräum-Aktion engagieren würde, musste ich natürlich nicht lange überlegen …«

»So ein Lügner«, zischte Nelly ihren Freunden leise zu.

»… schließlich handelt es sich hier um unsere Heimat, unsere Region, unsere Küste, unser Meer. Das alles gilt es selbstverständlich zu schützen.«

Als die Frau von der Zeitung Fotos schoss, zog der Bürgermeister Hanna am Arm zu sich und winkte die zwei anderen ebenfalls heran. Erst grinste er breit in die Kamera, dann setzte er sein besorgtes Gesicht auf.

»Das Meer ist keine Müllkippe!«, rief er und redete dann weiter von den schönen blauen Meeren und wie herrlich die Unterwasserwelt ist. Plötzlich kein Wort mehr von Umweltverschmutzung und Plastikmüll. Stattdessen schwärmte er vom Ferienparadies Nordsee, vom Wattenmeer, von der Artenvielfalt und den vielen Fischen …

»Er versucht, hieraus eine Werbeveranstaltung für die

Tourismusbranche zu machen«, murmelte Claas im Hintergrund. Ihm platzte der Kragen. Er trat nach vorn und unterbrach den Bürgermeister in seinem Redeschwall.

»Artenvielfalt, pah! Viele Fische, ja?«, rief er.

Matthes Petersen sah ihn erschrocken an.

»Wissen Sie wirklich nicht, was da draußen auf den Meeren passiert? Oder stellen Sie sich bewusst dumm?«, sagte Claas. »Dass die großen Fischereien die Meere leer fischen? Das wissen Sie nicht? Sie sind doch der Politiker hier in der Runde …«

»Ich muss doch sehr bitten!«, empörte sich der Bürgermeister. »Ich bin sicher, dass alles mit rechten Dingen zugeht. Viele von uns hier leben schließlich vom Fischfang und …«

»Und dass sie ihre Netze abschneiden, um nicht bestraft zu werden, und die Geisternetze dann auf dem Meeresboden zu Todesfallen werden für die Tiere … Davon wissen Sie auch nichts?«, schnitt Nelly ihm sein leeres Geplapper ab.

»Geisternetze? Ja, davon habe ich selbstverständlich schon gehört. Wir wissen um die Problematik …«, grummelte Matthes Petersen und sammelte sich dann. Er wollte nicht das Bild eines ratlosen oder überforderten Bürgermeisters abgeben, schien es. »Die Fischerei an der Nordsee unterliegt strikten Vorschriften und Kontrollen«, fuhr er fort.

»Aber sie genügen nicht! Und sie werden nicht immer und von allen eingehalten!«, sagte Nelly klar und deutlich.

»Wir werden das prüfen und dann gegebenenfalls Sanktionen einleiten und mit aller Entschiedenheit dagegen vorgehen, sollte sich herausstellen, dass die drei Umweltschützer hier recht haben«, sagte er und wandte sich mit einem zuversichtlichen Lächeln ans Publikum.

»Oh, wir haben das schon geprüft«, sagte Luka.

Matthes Petersen sah verwirrt aus. Schweißperlen bildeten sich auf seiner Stirn.

»Und wir haben Beweise!«, rief Hanna und zog den Umschlag aus Claas' Rucksack.

»Diese Fotos sind heute Nacht entstanden. Und sie lassen keinen Zweifel zu«, sagte Nelly ins Mikrofon, während Hanna ein Foto nach dem anderen erst dem Bürgermeister unter die Nase hielt und dann dem Publikum zeigte.

»Um Himmels willen!«, rief Sofie aus, als sie auf den Fotos erkannte, wie stürmisch die Nordsee in der Nacht gewesen war und wie hoch die Wellen schlugen. Umso glücklicher war sie jetzt, dass Hanna, Luka und Nelly wohlbehalten zurückgekehrt waren und dass ihr Ausflug sich gelohnt hatte. Auf den Fotos

war eindeutig zu erkennen, dass die Netze viel zu voll waren, dass sie nur mit Mühe an Bord gezogen werden konnten, und vor allem, wie sie abgeschnitten wurden und ins Meer platschten …

Die Menge vorm Bootssteg wurde unruhig.

»Das Meer ist keine Mülldeponie!«, riefen sie. »Mehr Respekt für die Meere!« und »Rettet die Meere!«

Immer lauter wurde der Protest, und der Druck auf Matthes Petersen stieg. Er wischte sich den Schweiß von der Stirn und atmete kräftig durch. »Wenn das so ist … also … die Fotos sind … nun ja, tatsächlich …«, stammelte er weiter.

Hanna, Luka und Nelly sahen ihm ernst ins Gesicht.

»Herr Petersen, noch ist es nicht zu spät! Werden Sie aktiv und retten Sie die Nordsee: Wir brauchen bessere Gesetze und Regelungen gegen Überfischung! Und mehr Kontrollen!«, sagte Nelly.

»Und die Geisternetze, die auf dem Meeresboden liegen, müssen vorschriftsgemäß entsorgt werden, damit sie keine Todesfallen für unsere Tiere mehr sind«, fügte Hanna hinzu.

Und Luka erklärte: »Genau, die Netze, die von den Fischereien als verloren gegangen gemeldet werden, müssen auch tatsächlich geborgen werden!«

Der Bürgermeister schnaufte. »Ihr habt vollkommen

recht. Unsere Nordsee liegt mir selbstverständlich auch am Herzen. Wir müssen alle etwas dafür tun, sie zu schützen. Allerdings ist die Angelegenheit sehr komplex, und Kontrollen auf dem offenen Meer sind nicht leicht durchzuführen. Aber ihr könnt euch darauf verlassen, dass ich mich höchstpersönlich der Sache annehmen werde. Ich werde mich für unser aller Interessen und Forderungen einsetzen!«, sagte er. Sein Blick schweifte über die Menschenmenge, über die Müllberge vor ihm und dann wieder zu Hanna, Luka und Nelly. »Ihr habt gute Arbeit geleistet. Und ich werde euch unterstützen, wo ich kann …«

Applaus kam aus den Reihen vor ihm. »Ich bin schließlich der Bürgermeister«, sagte er, zupfte seinen Hemdkragen zurecht, strich die Anzugjacke glatt und posierte für das nächste Pressefoto.

»Was werden Ihre nächsten Schritte sein?«, fragte die Frau von der Zeitung.

»Zunächst einmal lasse ich die Müllberge hier abtransportieren und sie vorschriftsgemäß entsorgen. Was die großen Industrie-Fischereien angeht, so werde ich eine eilige Sonderkonferenz mit allen Fischereien der Region einberufen, zu der ich auch unseren Umweltminister laden werde. Überfischung muss noch strenger kontrolliert und geahndet werden! Dafür werde ich mich einsetzen!«

Er gewann wieder Boden unter den Füßen, dachte

Hanna. Aber sie merkte auch, dass sich etwas in Matthes Petersen verändert hatte in den letzten Minuten. Die Müllberge hatten ihn offenbar zutiefst schockiert.

»Bravo!«, rief Nelly. Und die Zuschauer, Müllsammler, Einwohner und Touristen stiegen mit ein: »Bravo!«

Erleichterung machte sich breit. Auf dem Bootssteg und davor. Erleichterung und das gute Gefühl, einen Schritt in die richtige Richtung gegangen zu sein.

»Ein Meer für Paul!«, jubelte Hanna, und alle jubelten mit.

Kapitel 14

Als die Zeitung und der Bürgermeister ihre Fotos hatten, der Müll entsorgt und der Trubel vorbei war, saßen Hanna, Luka, Nelly und ihre Familien noch im Garten beim Leuchtturm zusammen. Am Ende war alles gut gelaufen. Sie waren glücklich und voller Hoffnung, dass ihre Aktion ein Zeichen gesetzt hatte. Das Plastikmüll-Problem hatte endlich die Aufmerksamkeit bekommen, die es brauchte, um etwas zu verändern. Sie hatten einen Anfang gemacht und in ihrer Heimat und bei ihnen vor der Haustür begonnen – und wenn das jeder so machen würde, dann würde sich die Welt schon sehr bald zum Guten verändern, da waren die Freunde sich sicher.

»Was für ein Tag!«, seufzte Hanna zufrieden und reckte und streckte sich.

»Eine gute Nachricht habe ich noch für euch: Paul ist seit heute Morgen zusammen mit zwei weiteren Seehunden im Auswilderungsbecken!«

»Was heißt das?«, fragte Luka.

»Dass er nicht mehr alleine ist«, flüsterte Hanna.

»Ja. Und vor allem heißt das, dass er bald ausgewildert

werden kann. In den nächsten Tagen werden wir ihn wieder in die Freiheit entlassen.«

Die drei Freunde klatschten sich gegenseitig in die Hände. Für Freudentänze hatten sie heute keine Kraft mehr. Aber für Freude schon. Aus ganzem Herzen.

»Wir dürfen ihn doch noch mal besuchen, oder?«, fragte Luka.

»Natürlich! Ihr seid jederzeit willkommen. Ihr seid schließlich seine Retter …«, sagte Claas.

Das war mehr als Trost und Belohnung für all ihre Anstrengungen und Bemühungen der letzten Tage. Sie saßen noch lange dort unterm Leuchtturm zusammen, und als es dämmerte und Nellys Vater ein kleines Lagerfeuer anzündete, schaute Hanna noch in die aufzuckenden Flammen, dann fiel sie in einen tiefen Schlaf.

Erst für den Nachhauseweg weckte ihre Mutter sie wieder. Hanna und Luka fuhren auf ihren Rädern vorneweg. Es war ein sternenklarer Abend – kein Vergleich zu der Nacht zuvor, in der sie so viel riskiert hatten.

»Luka?«, sagte Hanna. Sie sah über den Deich und auf die Pappeln, die sich wie Scherenschnitte vor dem dunkelblauen Himmel abzeichneten.

»Hmm?«

»Habe ich dir eigentlich schon mal gesagt, wie schön es hier ist?«

»Nee«, lachte Luka. »In den letzten achtundvierzig Stunden nicht. Glaube ich.«

»Na, dann wurde es aber auch Zeit!«, lachte auch Hanna.

Hanna hatte Hahn nicht krähen hören. Sie hatte nicht mitbekommen, wie ihre Eltern aufgestanden und ins Dorf gefahren waren. Und sie hatte auch nicht mitbekommen, dass Hajo mit dem Traktor über die Felder rumpelte. Ihr Tag begann spät – und langsam. So langsam, wie Esmeralda sich durch ihre Box bewegte, so langsam rollte sich Hanna aus dem Bett. »Moin, Esmeralda«, gähnte sie.

»Moin, Nordsee«, sagte sie zu dem Bild an der Wand, als sie ins Badezimmer schlurfte. »Heute bitte keine Aufregung …«, nuschelte die mit der Zahnbürste im Mund.

Sie schlich mit Esmeralda unterm Arm die Treppe nach unten und raus auf den Hof.

»Hanna!«, rief Luka und rannte wild winkend und mit etwas wedelnd auf sie zu.

»Hatte ich nicht gesagt, heute bitte keine Aufregung?«, flüsterte sie der Schildkröte zu.

»Schau dir das an!«, sagte Luka. Er schlug die Zeitung auf und hielt sie Hanna vor die Nase. Ihr sprang gleich die fettgedruckte Schlagzeile entgegen.

»Rettung für die Nordsee – Matthes Petersen engagiert sich für den Umweltschutz«, las Hanna vor. »Wow – das ist ja ein riesiger Artikel!«, freute sie sich. Und gleich unter der Überschrift war ein Foto abgedruckt, das den Bürgermeister auf dem Bootssteg zeigte – neben ihm Hanna, Nelly und Luka. »Und da sind wir! Und überall unsere Plakate …«, rief sie und schlug die Hände überm Kopf zusammen.

»Und hier – noch ein Foto von den Müllbergen!«, sagte Luka und schlug die Seite um …

»Das ist genau das, was wir wollten!«, freute sich Hanna und überflog den Text, der von Verantwortung, von Zukunft und vom Klima sprach – und auch Paul wurde erwähnt!

»Jetzt muss der Bürgermeister handeln. Alle Augen sind auf ihn gerichtet. Und wir haben sein Versprechen hier schwarz auf weiß!«, meinte Luka.

Lukas Handy piepste: »Nelly fragt, ob wir schon die Zeitung gelesen haben.«

»Na klar!«, tippte Luka.

»Eure Aktion war ein voller Erfolg«, sagte Jens. »Heute Morgen beim Bäcker haben alle darüber gesprochen.«

»Ihr habt wirklich etwas bewegt.« Sofie drückte erst ihre Tochter, dann Luka. »Wollen wir heute Paul besuchen?«

»Jaaaa!«, kreischte Hanna, und Luka schickte gleich die nächste Nachricht an Nelly: »Wir fahren gleich zu Paul. Bist du dabei?«

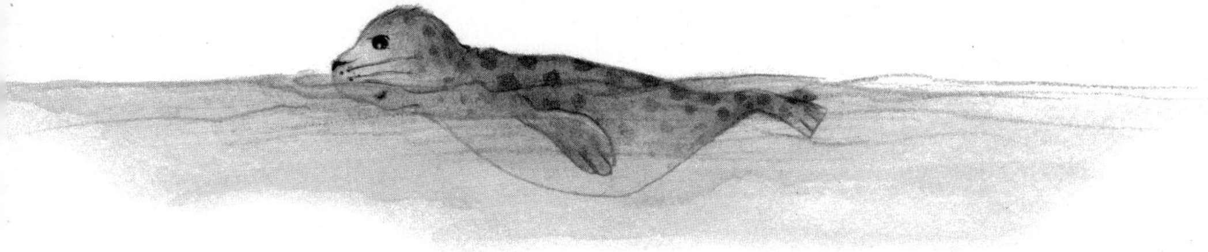

»Auf jeden Fall!« war die blitzschnelle Antwort, und keine Stunde später trafen sie sich in der Eingangshalle der Seehundstation.

Claas nahm sie in Empfang und führte sie direkt zu Paul, ihrem Schützling, der munter mit den anderen Heulern durchs Wasser glitt. Der Heuler drehte und wendete sich, tauchte unter und streckte seinen Kopf dann wieder aus dem Wasser – es ging ihm offensichtlich so gut wie noch nie in seinem kurzen Leben.

»Hallo, Paul!«, riefen Hanna, Luka und Nelly. Sie winkten dem kleinen Seehund zu.

Claas gab ihnen Fische und kleine Krebse. Sobald die Tiere die Futtereimer sahen, schwammen sie in Richtung der Kinder – und die warfen alles nacheinander ins Wasser. Jeder der Heuler kam an die Reihe. Paul schnappte sich seinen Fisch aus der Luft und tauchte mit ihm unter.

»Paul kommt gar nicht wieder hoch. Ist er in Ordnung?«, fragte Hanna besorgt.

»Er ist ein Seehund, Hanna«, grinste Luka.

»Ja – und Seehunde können minutenlang unter Wasser

bleiben, ohne Luft zu holen«, erklärte Claas. »Er macht das alles sehr gut – so gut, dass wir ihn morgen in die Nordsee freilassen werden.«

»Was? Morgen schon?«, fragte Nelly erstaunt.

Auch Hanna ging das alles viel zu schnell. »Aber ... aber wird er denn ...« Hanna schluckte. Sie mochte es kaum aussprechen. »Wird er denn überleben?«, fragte sie dann leise und vom Becken abgewandt. Sie wollte nicht, dass Paul sie hörte, obwohl sie natürlich wusste, dass er sie nicht verstand.

»Er ist gesund und kräftig genug. Und ihr habt mit eurer Aktion gestern dafür gesorgt, dass er in Zukunft bessere Lebensbedingungen haben wird«, sagte Claas und klopfte den dreien auf die Schulter.

»Macht euch keine Sorgen um Paul – vergesst nicht: er ist ein Raubtier. Er wird gut alleine klarkommen.« Claas grinste: »Außerdem seid ihr ja dabei, wenn wir ihn auswildern ...«

»Was?«, quiekte Hanna überrascht. »Wir dürfen dabei sein?« Sie konnte es nicht fassen.

»Das ist ein Traum, oder?«, sagte Luka. »Kneif mich mal, Hanna.«

Aber Hanna hatte keine Zeit zum Kneifen. Sie war völlig außer sich vor Freude darüber, dass sie dabei zusehen durfte, wie der kleine Heuler wieder in die Nordsee robbte.

»Du bist der beste große Bruder, den man sich wünschen kann!«, sagte Nelly und fiel ihrem Bruder um den Hals.

»Hast du gehört, Paul? Wir kommen morgen mit!«, rief Hanna ihrem Seehund zu – aber der war schon längst wieder untergetaucht.

Am nächsten Morgen war es also so weit. Als die Flut heranrauschte, standen Hanna, Luka und Nelly am Strand und warteten auf Claas. Vor allem aber warteten sie auf Paul. Aufgeregt gingen sie am Ufer auf und ab und ließen flache Steine übers Wasser hüpfen.

Hanna hatte einen Kloß im Hals. Ja, sie wusste, dass es ein guter Tag war. Schließlich konnte ihr geliebter Seehund heute aus der Gefangenschaft entlassen und in die Nordsee geführt werden – dorthin, wo er hingehörte. In die Freiheit! Aber der Abschied fiel ihr schwer. Sie hatte Paul von der ersten Sekunde an in ihr Herz geschlossen.

Claas kam mit seinem Kollegen von der Seehundstation an den Strand gefahren. Wieder hatten sie eine große Box in ihrem Kofferraum. Um genau zu sein, waren es drei Boxen. Nur wurde heute zum Glück kein verletztes Tier abtransportiert, sondern gleich drei gesund und munter ausgesetzt.

Nacheinander trugen sie die Boxen aus dem Wagen und brachten sie an eine ruhige Stelle, fernab von anderen Strandbesuchern. Im seichten Wasser öffneten Claas und sein Kollege die großen Kisten, sodass die Seehunde selbst entscheiden konnten, wann sie herauskamen.

Paul robbte sich als Erster raus, und Hanna, Luka und Nelly freuten sich, dass er so neugierig und so mutig war. Der kleine Seehund robbte sich ein Stück in Richtung Wasser und sah sich vorsichtig in alle Richtungen um. Hanna schien es, als könnte Paul nicht glauben, dass er zurück an der Nordsee war, seinem Zuhause. Die zwei anderen Heuler folgten ihm, waren allerdings weniger vorsichtig, schnurstracks machten sie sich auf den Weg ins Wasser und schwammen ein Stück hinaus.

Paul blieb noch zurück. Sein Fell schimmerte golden in der Sonne, und noch ein letztes Mal sah Hanna in seine großen dunklen Augen. Die nächste Welle rauschte heran, und Hannas Herz klopfte laut und schnell. Der Abschied war gekommen. Paul robbte sich immer näher ans Wasser, dann schwamm der Heuler los. Hanna, Luka und Nelly

hielten sich an den Händen und ließen Paul nicht aus den Augen. Immer weiter schwamm er, und holte bald die anderen Heuler ein.

Dann verschwand er am Horizont.

»Mach's gut, Paul«, sagte Hanna leise.

»Paul ist ein Küstenbewohner, Hanna. Und die sind ihrer Heimat immer treu. Wer weiß, vielleicht wirst du ihn bei deinem nächsten Nordsee-Besuch wiedersehen«, sagte Claas lächelnd.

»Ganz bestimmt!«, sagte Nelly dann und wischte sich die Tränen fort.

Dieser Tag war und blieb ein stiller Tag. Zurück auf dem Bauernhof, saßen Hanna und Luka lange bei Esmeralda. Sie sprachen nicht viel. Zu viele Gedanken gingen ihnen durch den Kopf. Und auch das nahende Ende der Ferien machte den beiden zu schaffen.

Hajo winkte sie von seinem Traktor aus zu sich und lud sie ein, mit ihm zu fahren. Das war genau das Richtige, dachte Hanna – einfach ein paar Runden über die Felder ziehen. Sie sah sich noch einmal genau um, damit sie sich an alles erinnern konnte, wenn sie wieder zu Hause war: die Pappeln, die ihr den Weg wiesen, die Ponys auf den blumigen Wiesen und die Schafe auf dem Deich – an all das würde sie denken, wenn sie wieder in ihrem eigenen Bett unter dem Fenster gegenüber vom Friedhof liegen würde. Und an Paul natürlich.

Das Glas von Luka würde sie nicht mehr brauchen. Sie wusste jetzt, wie es hier roch. Nach Salz und Wind. Und nach Abenteuer.

Kapitel 15

Nach einigen sonnigen Tagen auf dem Hof und am Strand und Nächten auf dem Heuboden stand Hannas Heimreise an.

»Ich mag Abschiede nicht«, sagte Hanna beim Frühstück an ihrem letzten Tag.

»Aber das ist doch gar kein richtiger Abschied«, sagte Luka. »Nur eine Pause. Bis du wiederkommst …«

Hanna lachte. Luka hatte wirklich immer die besten Ideen. »Soll ich dir Esmeralda hierlassen?«, fragte Hanna, denn die Schildkröte gehörte ja ihnen beiden – schließlich hatten sie sie zusammen im Garten gefunden. Damals, drei Tage bevor Lukas hierhergezogen war.

»Ich glaube, du brauchst sie mehr als ich«, sagte Luka.

Hanna war froh, denn wieder einmal hatte Luka recht. Sie würde Esmeralda schrecklich vermissen.

»Ich habe ja auch noch die hier.« Luka krähte wie Hahn, als der seine Hennen an ihnen vorbei über den Hof verfolgte.

Die beiden lachten und rannten dann dem Federvieh hinterher um die Obstbäume herum und über die Wiesen.

Später fuhren sie zum Leuchtturm, damit Hanna sich von Nelly verabschieden konnte. Noch immer hing das große Transparent vom Leuchtturm.

»Das war das Beste, was ich in meinem ganzen Leben erlebt habe«, sagte Hanna mit dem Blick nach oben.

Nelly hatte ihre Haare in einem hohen Pferdeschwanz gebunden und sah aus wie an dem Tag, an dem Hanna und Luka sie im Hafen beobachtet hatten.

»Weißt du noch, wie du dem Typen seine Pommesschale hinterhergetragen hast?«, lachte Luka.

»Natürlich! Und wisst ihr, was?«

»Du würdest es wieder tun!«, sagte Hanna und grinste. »Stimmt's?«

»Auf jeden Fall!«, meinte Nelly.

»Genau! Den Mund halten können andere!«, fand Luka.

»Wir sind Aktivisten! Mit uns muss man immer und überall rechnen!«, sagte Nelly und schloss Hanna und Luka in die Arme.

»Das war eine tolle Zeit mit dir, Nelly«, sagte Hanna, und dabei rollte ihr eine Träne über die Wangen.

»Ob Tränen, Schweiß oder Meer – Salzwasser heilt alles«, sagte Nelly Vater. Die drei sahen ihn fragend an. Er zog die Schultern hoch: »Hat mal eine berühmte Schriftstellerin gesagt … Auf Wiedersehen, Hanna. Bis zum nächsten Mal«, sagte er und verzog sich mit einem Buch auf seinen Platz im Garten.

»Wie du siehst, wir erwarten dich jetzt schon zurück. Also, wir machen es kurz und schmerzlos. Du kommst einfach ganz bald wieder, okay?«

»Okay!«

Nelly rannte die Treppen hoch, um oben aus dem Fenster zu winken.

»Ahoi, Hanna!«

Für den Abend hatte sich Hanna ein Picknick am Strand gewünscht. Also fuhren sie hin, um ihre Eltern dort zu treffen, die schon alles vorbereitet hatten.

Große karierte Decken lagen ausgebreitet im Sand. Die leckersten Schleckereien hatten sie mitgebracht – und alles ohne Plastikverpackungen!

»Ihr habt ja schon gelernt«, schmatzte Hanna mit einem Bissen Aprikosenkuchen im Mund.

»Klar, wir haben ja gute Lehrerinnen und Lehrer«, sagte Sofie.

Hanna und Luka genossen die letzten Sonnenstunden und aalten sich im Sand. Esmeralda begann, sich im Sand einzubuddeln.

»Oh, nein! Nicht schon wieder!«, rief Luka. »Sonst finden wir dich vielleicht nicht, und du musst doch hierbleiben.« Er setzte die Schildkröte mit ein paar Salatblättern in ihre Box. Dann schnappte er sich Hanna und ging mit ihr vor zur Wasserkante.

»Ich glaube, das war erst der Anfang. Ab jetzt kümmern wir uns um die Umwelt. Und wir werden bestimmt noch viele Leute damit anstecken …«, sagte Luka.

»Wenn die Schule wieder losgeht, werde ich allen von unserer Aktion berichten. Ich werde ihnen alles erzählen, was ich hier gelernt und erlebt habe …«, antwortete Hanna. Sie wusste jetzt, wie wichtig und dringend es war, sich einzusetzen, und würde das auch weiterhin tun! »Ob an der Küste, auf dem Land oder in der Stadt – überall kann man etwas bewegen.«

Am Horizont ging langsam die Sonne unter. Der Himmel färbte sich orange, pink und rot. Das Meer lag ruhig vor ihnen, und weiter draußen sahen sie den runden Kopf eines Seehundes.

Vielleicht war es Paul.

15 Tipps zur Vermeidung von Plastikmüll

Von Marijana Braune

Hanna, Luka und Nelly haben gezeigt, dass jeder einen Beitrag leisten kann, um Plastikmüll in Zukunft zu vermeiden. Durch ihre Strandaufräum-Aktion haben sie eine große Menge Müll daran gehindert, ins Meer zu gelangen. Viel besser ist es aber natürlich, wenn der Müll gar nicht erst entsteht.

Mit diesen 15 Tricks können du und deine Familie in eurem Alltag viel Plastik sparen:

1. Wasserflasche

Wusstest du, dass unser Leitungswasser in Deutschland eines der saubersten auf der ganzen Welt ist und dass es sogar gesünder ist als abgefülltes Wasser in Plastikflaschen? Wenn du immer eine Flasche dabeihast, kannst du sie jederzeit am Wasserhahn auffüllen, solltest du Durst bekommen.

2. Brotdose

Wenn du dein Pausenbrot in eine Dose packst, sparst du im Jahr eine Menge Alufolie oder Frischhaltefolie.

3. Mehrwegbeutel

Nimm zum Einkaufen mit deiner Familie immer Stoffnetze oder -beutel für Obst und Gemüse mit, dann musst du nie wieder Plastiktüten verwenden.

4. Taschentücher

Taschentücher sind zwar nicht aus Plastik, zersetzen sich aber auch sehr schlecht. Stofftaschentücher kannst du immer wieder waschen und sogar schön mit Textilstiften bemalen. So eignen sie sich auch toll als Geschenke.

5. Nutze, was du schon zu Hause hast

Auch wenn es sehr viele schöne Flaschen, Brotdosen und andere Mehrweggegenstände zu kaufen gibt, schau erst mal, was ihr schon zu Hause habt. Es ist immer besser für die Umwelt, alte Gegenstände zu verwenden, als neue zu kaufen. Zum Beispiel kann man auch alte Marmeladen- und Joghurtgläser ganz einfach umfunktionieren.

Aber Vorsicht mit Produkten aus Plastik: Sobald es Kratzer im Plastik gibt oder sich Teile lösen, solltest du sie ersetzen (zum Beispiel durch eine Variante aus Edelstahl oder Glas).

6. Verpackungsmaterialien

Es ist gar nicht so leicht, komplett auf Verpackungsmaterialien zu verzichten, denn in einem gewöhnlichen Supermarkt ist fast alles abgepackt. Zum Glück gibt es aber immer mehr Läden, die unverpackte Lebensmittel anbieten. Und auch

auf Wochenmärkten kann man sehr viel ohne Verpackung kaufen. Besonders toll ist es, wenn du vorwiegend Gemüse und Obst kaufst, dass bei uns gerade auf den Feldern wächst. Weite Transportwege (zum Beispiel auf dem Schiff oder im Flugzeug) sind nämlich schädlich für die Umwelt.

1. Geburtstagsfeiern

Auch auf deiner Geburtstagsfeier lässt sich viel Müll sparen: Stoffservietten können danach wieder benutzt werden, und die Dekoration kannst du aus Materialien basteln, die du schon zu Hause hast oder die sich in der Natur finden (zum Beispiel Wimpelketten aus Stoffresten oder Papier).

Wenn du deinen Freunden am Ende deiner Feier etwas mitgeben möchtest, dann frag doch deine Eltern, ob ihr gemeinsam Plätzchen oder einen Kuchen backen könnt. So kannst du auf die vielen kleinen Verpackungen von Süßigkeiten verzichten. Den Kuchen oder die Plätzchen kannst du in alte Marmeladen- oder Joghurtgläser verpacken, die sonst weggeworfen werden würden. Es bringt auch Spaß, die Gläser bunt zu dekorieren oder sie anzumalen.

8. Geburtstagsgeschenke

Überlege dir vor deinem Geburtstag doch mal, was du dir wirklich wünscht. Wenn du einen großen Wunsch hast, dann wünsche ihn dir von allen zusammen. Dadurch vermeidest du, dass du viele kleine Dinge bekommst, die zwar kurze Zeit Spaß machen, die du aber eigentlich gar nicht so oft benutzt.

9. Silvester

Versuche, auf Silvesterböller zu verzichten. Sie sind sehr schädlich für die Umwelt, denn sie verursachen nicht nur sehr viel Plastikmüll, sondern auch Rauch und Abgase. Außerdem leiden die Wildtiere, die in der Stadt und auf dem Land leben, sehr unter dem Lärm und bekommen dadurch große Angst.

10. Zeit statt Zeug

Vielleicht hast du auch einen Wunsch, der nichts mit einem Gegenstand zu tun hat. Du wolltest schon immer mal mit deiner Familie in einen Freizeitpark? Auf einem Pony reiten oder mit einem Alpaka durch den Wald spazieren? Manchmal können Erinnerungen an ein tolles Erlebnis viel schöner sein, als ein neues Spielzeug, das zu Hause rumliegt.

11. Second Hand

Gebrauchte Kleidung und Spielzeug zu kaufen, ist die beste Möglichkeit, um der Umwelt etwas Gutes zu tun. Denn so wird nicht nur die Plastikverpackung gespart, sondern es fällt auch die komplette Produktion weg, die sehr viel Energie verbraucht. Schau mal, wann bei euch der nächste Flohmarkt stattfindet, und frag deine Eltern, ob sie mit dir dort hingehen. Gleichzeitig ist es auch super, wenn du Spielzeug und Kleidung, die du nicht mehr brauchst, weiterverkaufst oder spendest.

12. Spielzeugtausch

Veranstalte mit deinen Freunden doch regelmäßige Spielzeugtauschpartys: Jeder bringt ein Spielzeug mit, das zum Tausch angeboten wird. So habt ihr öfter Abwechslung, müsst nicht alles neu kaufen und ihr tut der Umwelt einen Gefallen.

13. Dein eigenes Gemüsebeet auf dem Balkon oder im Garten

Es gibt viele Gemüsesorten, die man ganz leicht selbst anbauen kann. Dafür braucht man noch nicht mal einen großen Garten, auch ein kleiner Balkon oder ein Fensterbrett mit viel Sonne kann dafür ausreichend sein. Frag deine Eltern, ob sie mit dir im Frühjahr etwas anpflanzen wollen. Es schmeckt so viel besser, wenn man dem Gemüse beim Wachsen zugesehen hat. Du kannst auch erstmal klein anfangen, zum Beispiel mit Kresse oder Sprossen, die schon innerhalb einer Woche geerntet werden können.

14. Wiederverwertung

Vieles, was sonst eigentlich im Müll landet, hätte auch in eurer Bastelkiste einen guten Platz. Alte

Zahnbürsten können als Pinsel verwendet werden, aus Tetra Paks kann man tolle Vogelhäuschen basteln und Konservendosen eignen sich als Pflanzentöpfe oder Windlichter. Dir fällt bestimmt auch noch etwas Tolles ein.

15. Badezimmer

Im Badezimmer finden sich oft viele verschiedene Plastikflaschen. Die meisten Waschgels enthalten außerdem Mikroplastik, das nicht mehr aus dem Wasser herausgefiltert werden kann und somit über den Abfluss irgendwann in den Meeren landet. Diese Produkte können ganz leicht durch ein Stück Seife ersetzt werden. Es gibt zum Beispiel auch spezielle Seifen, die du für deine Haare verwenden kannst.

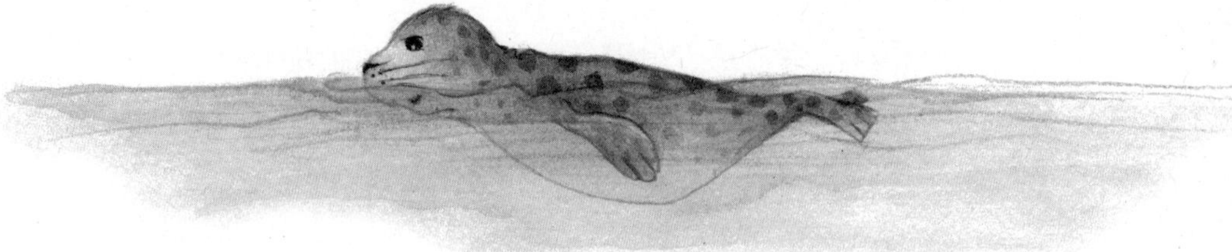

Marijana Braune wohnt mit ihrer Familie in der Nähe von Hamburg. Vor einigen Jahren hat sie ihren Job als Dipl. Psychologin bei der Lufthansa aufgegeben, um sich voll und ganz ihrem Herzensthema zu widmen: Nachhaltigkeit. Seitdem berät sie u.a. Familien bei ihrem Weg in ein nachhaltiges und einfacheres Leben, hält Vorträge und hat einen eigenen Podcast, *Don't waste, be happy* (was so viel heißt wie »Verschwende nicht und sei glücklich«), der wöchentlich über 10.000 Zuhörer findet.

Hier findest du noch mehr Tipps von Marijana:
www.dontwastebehappy.de
www.dontwastebehappy.de/podcast
www.instragram.com/marijanabraune oder
@marijana.braune

Dank

Ich danke dem Team der Seehundstation Friedrichskoog dafür, dass es mir jederzeit freundlich und geduldig mit Rat und Tat zur Seite gestanden hat. Nicht nur mit Zahlen und Fakten. Auf wirklich jede Frage hatten sie eine Antwort für eine Landratte wie mich.

Wer sich informieren möchte über Seehunde, Kegelrobben und andere Meeresbewohner, wer Pate eines dieser wunderbaren Tiere werden oder sie einfach mal besuchen möchte, schaue sich hier um:
www.seehundstation-friedrichskoog.de

Für Informationen rund ums Watt und seine kleinen krabbeligen Bewohner, seine Vögel und seine erstaunlichen Pflanzen und vieles mehr empfiehlt sich diese Seite:
www.nationalpark-wattenmeer.de

Immer und für alle Belange zum Natur- und Umweltschutz gut und wichtig:
World Wild Fund For Nature: **www.wwf.de**
ebenso wie der NABU, der Naturschutzbund Deutschland
www.nabu.de

und auch bei Greenpeace findet ihr tolle Seiten für Kinder:
www.kids.greenpeace.de

Die Jungen kennen es längst, und besser als die Alten:
www.fridaysforfuture.de

Last but not least bedanke ich mich bei allen kleinen und großen Meeres-, Natur- und UmweltschützerInnen, bei jeder und jedem, der etwas tut kann oder tun will.
Wann, wenn nicht jetzt - wer, wenn nicht du!

Antje Bones

Ein Außenseiter, ein wütendes Dorf und drei mutige Kinder

Ava bekommt schon immer schlecht Luft. Deshalb muss sie die nächsten Wochen in der Villa Bernstein an der Ostsee verbringen – ganz allein, ohne ihre Eltern! Aber zum Glück sind da noch Laerke und Joshua, und der Eigenbrötler Korl. Er lebt allein in einer Hütte im Wald, weshalb ihn viele Dorfbewohner nicht leiden können. Dabei kann man so viel von ihm lernen.

Dann verschwindet der Hund des Hotelbesitzers, und Korl soll ihn entführt haben. Ava, Joshua und Laerke sind überzeugt: Korl hat nichts damit zu tun. Sie beschließen, seine Unschuld zu beweisen …

224 Seiten | 14,00 € [D], 14,40 € [D] | ISBN 978-3-85535-635-5